Trackside
Kisses

AVA AVERY

AF287362

Trackside Kisses

TITAN RACING LEGACY

Ein Roman von

AVA AVERY

Deutschsprachige Erstausgabe: Februar 2022
Deutschsprachige Neuauflage: Mai 2025

ISBN: 978-3-8192-2870-4

Verlag: BoD · Books on Demand GmbH,
Überseering 33, 22297 Hamburg, bod@bod.de

Druck: Libri Plureos GmbH,
Friedensallee 273, 22763 Hamburg

Lektorat: Elisabeth Klein

Cover Design & Illustration: Carmen Design

Disclaimer
Dieses Buch ist reine Fiktion. Alle in diesem Buch geschilderten
Handlungen und Personen sind frei erfunden. Ähnlichkeiten mit
lebenden oder verstorbenen Personen sind Zufall und nicht
beabsichtigt.

Bibliografische Information der Deutschen Nationalbibliothek: Die Deutsche Nationalbibliothek verzeichnet diese Publikation in der Deutschen Nationalbibliografie; detaillierte bibliografische Daten sind im Internet über dnb.dnb.de abrufbar.

Website & Newsletter:
www.avaavery.de

Instagram:
avaavery.autorin

TikTok:
@avaaverybooks

Facebook:
www.facebook.com/avaavery.autorin

20+ Bonuskapitel & 0 Euro Roman:
https://bookhip.com/RPGKPQC

HINWEIS - TRIGGERWARNUNG

Liebe Leser:innen,

Dieses Buch enthält potenziell triggernde Inhalte. Deshalb findet ihr auf Seite 282 eine Triggerwarnung.

Achtung: Diese enthält Spoiler für das gesamte Buch.

Ich wünsche euch allen ein wundervolles Leseerlebnis.

Eure *Ava*

Für alle, die daran glauben, dass wahre Liebe stärker ist als alle Hindernisse. Möge sie immer siegen, in jeder Geschichte und in jedem Herzen.

EXKLUSIV FÜR DICH

Sichere dir jetzt als Dankeschön für deine Treue über 20 Bonuskapitel zu meinen Romanen. Scanne dazu einfach den QR-Code oder nutze diesen Link:

https://BookHip.com/RPGKPQC

Ich wünsche dir ganz viel Spaß beim Lesen.

1

KENZIE

Das Klingeln des Telefons ließ mich den Blick von dem tristen Februarhimmel abwenden, dessen graue Farbe perfekt meinen Gemütszustand widerspiegelte. Ich stellte meine mittlerweile lauwarme Teetasse auf dem Couchtisch ab und nahm den Anruf entgegen.

»Hi.«

»Ich bin's«, meldete sich Toni am anderen Ende der Leitung.

»Ich weiß. Und ich weiß auch, warum du anrufst.«

»Gut. Dann weißt du ja bereits, dass ich das für keine gute Idee halte. Ruh dich aus, Kenzie. Bleib zuhause, damit du zum Australien Grand Prix wieder fit bist.«

»Mir fällt zuhause die Decke auf den Kopf, Toni. Ich *kann* arbeiten und ich *will* arbeiten. Allein schon, um mich abzulenken.«

Tonis resigniertes Seufzen drang durch die Leitung an mein Ohr.

Die Testfahrten in Barcelona waren vor wenigen Stunden zu Ende gegangen. Die zehn Teams der *Serie del Rey* machten sich nun auf den Heimweg, um die massenweise gesammelten Fahrzeugdaten in England und Italien, wo sich die Hauptsitze der meisten Teams befanden, in der nächsten Woche akribisch auszuwerten. Schon in zwei Wochen ging es weiter in das sonnige Australien, wo in drei Wochen, wie in jedem Jahr, der *Serie del Rey* Saisonauftakt stattfinden würde.

Für mich hatten die Testfahrten in Barcelona in diesem Jahr direkt am ersten Tag ein jähes Ende genommen. Nach meinem Sturz, an den ich mich nur noch dunkel erinnern konnte, war ich im *Medical Center* aufgewacht, wo man meine Kopfverletzung und meine Schürfwunden behandelte. Auch meine Rippen und meine Knie hatten ordentlich was abbekommen, weshalb man mir ein starkes Schmerzmittel verabreichte.

Ein in der Schwangerschaft absolut ungeeignetes Schmerzmittel, um genau zu sein.

Riley hatte die Frage der Ärzte, ob ich schwanger sei, mit *nein* beantwortet. Wer konnte es ihr verübeln? Schließlich war sie der festen Überzeugung gewesen, dass ich nicht schwanger sei, nachdem wir zusammen den Schwangerschaftstest gemacht hatten und ich danach in ihrer Gegenwart kein weiteres Wort mehr über das Thema verlor. Von meiner Entdeckung zuhause und dem anschließenden Schwangerschaftstestmarathon wusste weder sie noch sonst jemand etwas.

Ich hatte es für mich behalten.

Und postwendend die Quittung für mein fatales Schweigen erhalten.

Die aufwendigen Folgeuntersuchungen im Krankenhaus ergaben, dass ich das Kind verloren hatte. Ob nun aufgrund des Sturzes, wegen der Schmerzmittel oder einer Kombination beider Geschehnisse – man konnte es mir nicht mit Sicherheit sagen.

Während ich bei der Verkündung der Diagnose bloß regungslos dagestanden hatte, war Riley in bittere Tränen ausgebrochen und fühlte sich furchtbar schuldig.

Für einen Außenstehenden musste es so gewirkt haben, als ob Riley das Kind verloren hätte, und nicht ich. Denn ich hievte sie auf einen Stuhl am Ende des Korridors und wiegte sie beruhigend in meinen Armen, flüsterte ihr zu, dass sie keinerlei Schuld traf. Und das meinte ich auch so.

Während ich Riley tröstend zur Seite stand, konnte ich für mich und meine Situation keinerlei Gefühle aufbringen. Weder Trauer, noch Erleichterung, noch Wut, noch Ärger ... da war nichts. Einfach nichts. Nichts, außer totale Leere.

Selbstverständlich hatte Toni Wind von der Sache bekommen und mich in seiner Suite sanft, aber bestimmt zur Rede gestellt.

Ich hatte ihm weitestgehend die Wahrheit erzählt, weil mir für alles andere die Kraft fehlte. Dass ich mich

Hals über Kopf in einen verheirateten, angeblich getrenntlebenden Mann verliebt und mich auf eine leidenschaftliche Affäre mit ihm eingelassen hatte. Dass ich vollkommen ungeplant schwanger geworden war und es selbst erst seit einer Woche wusste. Dass sich herausgestellt hatte, dass der Mann wohl doch nicht so getrennt lebte, wie er vorgab und dass ich mich offensichtlich in etwas verrannt hatte, das keine Zukunft und keine Aussicht auf ein Happy End besaß.

Glücklicherweise kam Toni nicht auf die Idee mich zu fragen, ob er meinen heimlichen Liebhaber kannte. Folglich gelang es mir, Cesares Namen aus der Sache rauszuhalten.

Noch am selben Tag hatte mich Toni in seinem Jet nach Italien zurückgeschickt, wo er darauf bestand, dass ich mich erholte und regelmäßig mit einem Psychologen sprach.

Ich ließ es widerstandslos über mich ergehen und verließ Spanien, ohne mit Cesare über die Geschehnisse zu sprechen.

Dazu, Cesare gegenüberzutreten, fühlte ich mich aktuell wahrhaftig nicht im Stande. Mich Cesare zu stellen und ihm zu erzählen, dass ...ja was eigentlich?

Was von alledem konnte ich ihm erzählen?

Sollte ich ihm die Schwangerschaft beichten, jetzt, wo ich das Kind verloren hatte?

Wollte ich, dass er wusste, welch fatale Konsequenzen mein Sturz für unser ungeborenes Kind gehabt hatte und dass sein Anblick gewissermaßen der Auslöser für diesen Sturz gewesen war?

Nein, entschied ich. Cesare würde nichts davon erfahren.

Aus einem Geständnis dieser Art konnten für alle Beteiligten bloß Schmerz, Trauer und Verzweiflung hervorgehen. Das wollte ich weder ihm, noch mir zumuten. Warum auch?

Es war vorbei.

Die Schwangerschaft.

Unsere Beziehung.

Wir.

Diese folgenschwere Entscheidung traf ich, als ich in den Jet nach Italien stieg. Ich entschied, dass die Ereignisse in Barcelona ein klares Zeichen dafür waren, dass unsere Beziehung unter keinem guten Stern stand. Dass sie aussichtslos war. Dass sie wahrscheinlich von Anfang an nie eine reelle Chance auf eine Zukunft besessen hatte.

Außer Toni und Riley wusste niemand von meiner Fehlgeburt und von dem tragischen Verlust, der damit einherging.

Ich nahm Toni und Riley das Versprechen ab, mein Geheimnis unter allen Umständen zu wahren. Ich wollte kein Mitleid. Keine mitfühlenden Blicke. Keine gut gemeinten Ratschläge. Und schon gar keine Fragen nach dem Vater. Nach Cesare.

Natürlich hatte mir Cesare geschrieben. Mich angerufen. Oft. Sehr oft.

Anfangs ließ ich das Handy klingeln und die Nachrichten unbeantwortet. Doch schon bald realisierte ich, dass ich mich nicht fair ihm gegenüber verhielt. Dass ich ihm keine Chance gegeben hatte, mir zu erklären, was seine Frau in Barcelona zu suchen und warum sie ihn geküsst hatte. Vielleicht gab es dafür eine logische Erklärung. Aber ich wollte sie nicht hören. Ich *konnte* sie nicht hören. Mir fehlte dazu im Moment schlichtweg die Energie.

Also hatte ich ihm bloß eine Nachricht geschrieben. Dass es mir gut ginge. Dass ich etwas überarbeitet sei. Dass ich Abstand brauchte, um mich vor dem Saisonstart in Ruhe zu erholen. Ich hatte ihn gebeten, mich nicht mehr zu kontaktieren und ihm versprochen, dass ich mich melden würde, wenn ich mich dazu in der Lage fühlte.

Daraufhin hörten die Anrufe auf. Die Textnachrichten blieben aus.

Cesare respektierte meinen Wunsch.

Eine Woche war seitdem vergangen. Eine Woche Funkstille. Eine Woche, in der ich mich in meiner Wohnung eingeigelt hatte und die Welt um mich herum komplett ausschloss.

Einzig zu den Gesprächen mit dem Therapeuten verließ ich die Wohnung. Sie halfen mir. Sie halfen mir dabei zu verstehen, was in meiner Seele vor sich ging. Sie halfen mir zu begreifen, dass ich nicht verrückt wurde, sondern dass meine Gefühle, oder besser gesagt die non-existenten Gefühle, nach so einem traumatischen Erlebnis vollkommen normal waren.

Ich befand mich in einer emotionalen Schockstarre, ausgelöst durch anhaltenden psychologischen Stress. Zumindest lautete so die Diagnose des Therapeuten.

Kein Wunder. Erst war ich nicht schwanger, dann war ich es doch und dann wieder nicht. Wer würde bei dem ständigen Auf und Ab dieser Gefühlsachterbahn nicht ungebremst abstürzen?

Der Therapeut versicherte mir, dass ich über kurz oder lang in mein Leben zurückfinden würde. Und zwar dann, wenn meine Psyche sich meinen Gefühlen stellte, diese zuließ und den Mut fasste, sie zu verarbeiten.

Wann und wie das geschehen würde, konnte mir jedoch niemand sagen, da jede Seele sich durch ihre Einzigartigkeit voneinander unterschied.

Ich für meinen Teil glaubte nicht, dass mir der Schritt zurück ins Leben gelingen würde, indem ich mich noch länger auf der Couch verkroch. Wenn das Leben nicht zu mir kam, musste ich eben zum Leben kommen.

Also hatte ich beschlossen, wieder zu arbeiten und den Krankenschein, der mich bis Melbourne krankschrieb, zu zerreißen. Jetzt, da Toni ins Büro von *Titan Racing* zurückkehrte, gab es dort einiges zu tun. Wir wussten beide, dass er in dieser arbeitsreichen Zeit nicht auf meine Unterstützung verzichten konnte, auch wenn er es aus Rücksicht auf mich tun würde. Und das rechnete ich ihm hoch an.

»Ich halte das wirklich für keine gute Idee, Kenzie ...«, setzte Toni an.

»Aber du kennst mich und du weißt, dass du mir meinen Entschluss nicht ausreden kannst. Also akzeptierst du meine Entscheidung und wir sehen uns morgen im Büro?«, vervollständigte ich seinen Satz nach meinen Vorstellungen.

»Kenzie ...«

»Ja?«

»Du bist ein Sturkopf.«

»Du auch, Toni.«

»Ja, vermutlich. Stur, aber nicht uneinsichtig. Deshalb lenke ich ein und gebe nach, wenn ein Kampf chancenlos ist. Wir sehen uns morgen.«

2

KENZIE

Mein erster Arbeitstag nach der unliebsamen Zwangspause verlief besser als erwartet. Die Arbeit heiterte mich auf und machte mir Spaß. Toni und die Mädels hielten mich auf Trab, sodass mir wenig bis keine Zeit zum Grübeln blieb.

Nach Feierabend kehrten die Mädels und ich an diesem Tag in unsere Lieblingspizzeria ein, um uns bei Pizza, Pasta und Wein über den neuesten Klatsch und Tratsch auszutauschen. Ich dankte es meinen Freundinnen, dass sie das Thema »Cesare« nicht anschnitten, ja, es nicht einmal erwähnten.

Riley, Dakota, Allegra und Skye wussten allesamt, dass zwischen mir und Cesare etwas gelaufen war. Selbstredend war keiner von ihnen die Anwesenheit von Cesares Frau in Barcelona entgangen. Doch sie vermieden es, mich darauf anzusprechen. Ich dankte es ihnen von Herzen.

Irgendwann würde ich ihnen alles beichten. Irgendwann, wenn ich dazu bereit war. Aber noch nicht jetzt. Jetzt musste ich erst einmal selbst verstehen und verarbeiten, wie sehr mein Leben in den letzten Wochen aus den Fugen geraten war. Mehr noch: Jetzt musste ich erst einmal zusehen, dass ich mein Leben wieder unter Kontrolle brachte.

Und in dieser Hinsicht kam Skyes Angebot genau zum richtigen Zeitpunkt. Ein Wink des Schicksals sozusagen.

Skye würde im Anschluss an den Australien Grand Prix noch einen einwöchigen Roadtrip von Melbourne nach Adelaide unternehmen und von dort weiter zum nächsten Saisonrennen in Japan fliegen. Sie hatte mir angeboten, sie auf ihrem Trip entlang der Küste Australiens zu begleiten. Ein Angebot, das jede Menge Abwechslung, Spaß und Abenteuer versprach und das ich dankend annahm.

In Gedanken legte ich auf der Heimfahrt eine Packliste an und überlegte, welche Reiseutensilien ich vor meiner Abreise noch kaufen musste. Ich war so versunken in meine Roadtrip-Planung, dass ich den luxuriösen SUV von *Nobili*, der vor meiner Wohnung parkte, beinahe übersehen hätte. Viel zu spät trat ich auf die Bremse und kniff die Augen zusammen, um einen Blick auf den Besucher zu erhaschen, der dort vor meiner Wohnungstür stand und wartete.

Cesare.

Oh nein.

So wie ich den Mann vor meiner Tür als Teamboss von *Racing Rosso* identifizierte, begann mein Herz ungesund schnell und laut zu schlagen. Mein Hals wurde trocken und meine Handflächen, die das Lenkrad fest umklammerten, unangenehm feucht.

Ich fühlte mich nicht bereit, Cesare gegenüberzutreten. Ich *konnte* und *wollte* nicht mit ihm über die Geschehnisse in Barcelona reden. Mit niemandem. Ganz besonders nicht mit *ihm*.

War er gekommen, um mir von Angesicht zu Angesicht zu sagen, dass er sich wieder mit seiner Frau versöhnt hatte? Dass das zwischen uns zwar nett, aber ohne jegliche Aussicht auf eine Zukunft gewesen war?

Ich versteckte mich hinter dem Armaturenbrett und kramte in meiner Handtasche nach meinem Handy.

»Ist alles okay?«, meldete sich Riley nach dem ersten Klingeln.

»Cesare ist hier«, flüsterte ich eindringlich.

»Wo, *hier*?«

»Na *hier*, vor meiner Wohnungstür.«

»Und wo bist du?«

»In meinem Auto.«

»Wieso steigst du nicht aus und redest mit ihm, jetzt, wo er schon mal da ist? Hör dir an, was er zu sagen hat«, schlug Riley pragmatisch vor.

»*Das geht nicht.*«

»Und *warum* nicht?«

»Weil ich noch nicht bereit dazu bin.«

»Warum sagst du ihm das nicht so? Steig aus, bedanke dich für sein Kommen und sag ihm genau das.«

»Du kennst Cesare nicht. Er wird das nicht akzeptieren. Er wird Fragen stellen«, zischte ich und riskierte einen flüchtigen Blick durch die Windschutzscheibe.

Cesare stand noch immer vor meiner Tür.

»Du weißt, dass du es nicht ewig hinausschieben kannst, Kenzie. Du musst mit ihm reden, um damit abzuschließen. Selbst wenn du die Beziehung zu ihm nicht weiterführen willst, solltest du ihm das offen und ehrlich sagen. Genauso wie er es dir schuldig ist, dich über das Auftauchen seiner Frau aufzuklären.«

»Ich schiebe es nicht *ewig* hinaus. Das Ganze ist gerade mal *eine Woche* her. Da kann man ja wohl kaum von *ewig* sprechen.«

»Also gut«, seufzte Riley. »Dann komm heute Nacht zu mir. Ich werde dir alles ausleihen, was du brauchst.«

»Danke«, flüsterte ich erleichtert und legte den Rückwärtsgang ein.

Mit jedem Kilometer, den ich mich von meiner Wohnung entfernte, verflüchtigte sich jedoch dieses anfängliche Gefühl von Erleichterung. Stattdessen meldete sich mein Herz, das sich schmerzend zusammenkrampfte. Die Zweifel darüber, ob ich nicht doch hätte aussteigen und mit Cesare reden sollen, wurden immer lauter.

Ich zwang mich dazu, sie zu ignorieren.

Die Tage bis zu unserer Abreise nach Australien verliefen stets nach demselben Schema: Ich fuhr zur Arbeit, lenkte mich so gut ich konnte von allem ab, traf mich bisweilen nach der Arbeit mit meinen Freundinnen und fuhr spät abends nach Hause.

Cesare tauchte noch zwei weitere Male vor meiner Wohnung auf. Von Bologna nach Mailand bedeutete das je nach Verkehrslage locker zwei bis drei Stunden Fahrzeit.

Pro Strecke.

Dass er diese Anstrengung so kurz vor Saisonbeginn auf sich nahm, hieß, dass das, was ihm auf dem Herzen lag, sehr wichtig sein musste.

Vielleicht hätte ich bei seinem zweiten oder dritten Besuch mit ihm gesprochen. Vielleicht hätte ich ihm zugehört. Vielleicht hätte ich ihm von unserem Kind erzählt.

Aber ich hatte ihn verpasst. Beide Male fand ich einen Zettel in meinem Briefkasten, auf dem er mir schrieb, dass er mich aufgesucht hatte, um mit mir zu reden. Er bat mich darum, ihn anzurufen, ihm zu schreiben, oder mich mit ihm zu treffen.

Nach seinem dritten Besuch tigerte ich nervös in meiner Wohnung auf und ab, überlegte fieberhaft, was und wie ich ihm antworten sollte.

Dass er nicht aufgeben würde, machten seine hartnäckigen Besuche mehr als deutlich.

Aber warum?

Würde er sich so hartnäckig verhalten, wenn es darum ging mir mitzuteilen, dass er sich mit Fiona versöhnt hatte?

Wahrscheinlich nicht.

Die andere Möglichkeit, die sich in meinen Gedanken formte und deren Vorstellung meinen Körper mit Wärme flutete, drängte ich entschieden beiseite.

Ich hatte eine Entscheidung getroffen. Und dabei würde es bleiben.

Letztendlich schrieb ich ihm eine Nachricht und bat ihn um Zeit. Ich bat ihn zu akzeptieren, dass ich Abstand brauchte und dass ich mit ihm reden würde, sobald ich mich dazu im Stande fühlte.

Seine Rückmeldung ließ keine zehn Sekunden auf sich warten:

Geht es um Fiona? Ich kann alles erklären.

Bestimmt konnte er das. Aber was machte das noch für einen Unterschied? Cesare und ich, wir gehörten der Vergangenheit an, Fiona hin oder her.

Vor mir lag ein neues Kapitel. Ich musste bloß die Kraft aufbringen, umzublättern und die Seite mit dem neuen Kapitel aufzuschlagen.

Und das tat ich. Das tat ich in dem Moment, als ich in die Maschine stieg, die uns nach Singapur und von dort aus nach Melbourne brachte.

Eine neue Saison.
Ein neuer Anfang.
Eine neue Kenzie.
Jedenfalls hoffte ich das.

3
CESARE

»**D**u kommst zu spät zu deinem Termin bei den *Roaring Bulls*«, mahnte mich Franca und deutete missbilligend auf ihre Uhr.

»Was ist mit *Titan Racing*?«

»Was soll mit ihnen sein?« Franca legte irritiert den Kopf schief.

»Haben wir auch einen Termin mit Toni?«

»Haben wir. Morgen«, gab meine Assistentin zurück.

»Hat Kenzie den Termin mit dir vereinbart?«

»*Ja*, hat sie«, entgegnete Franca gedehnt. »Warum fragst du?«

»Weil es mich freut zu hören, dass sie an der Strecke ist. Also scheint es ihr wieder besser zu gehen?«

Meine PA zuckte mit den Achseln. »Das kann ich dir nicht sagen.«

»Wieso nicht? Du hast doch mit ihr gesprochen, oder nicht?«

»Wir haben einander geschrieben. Deshalb weiß ich nicht genau, wie es ihr geht und auch nicht, ob sie an der Strecke in Melbourne ist, oder in Italien. Wenn du willst, kann ich es für dich in Erfahrung bringen.«

»Nein, nicht nötig«, beeilte ich mich zu sagen. »Ich frage morgen einfach Toni.«

Franca murmelte etwas Zustimmendes und ich erhob mich, um pünktlich zu meinem Termin mit den *Roaring Bulls* zu kommen.

Was war bloß los mit Kenzie?

Warum mied sie mich?

Warum antwortete sie auf kaum eine meiner Nachrichten?

Wegen Fiona?

Ich verstand nicht, was hier vor sich ging.

Als sie mich in Barcelona voller Schmerz und Enttäuschung angesehen hatte und nur Sekunden später stolperte und ungebremst zu Boden ging, war mein Herz buchstäblich in tausend Stücke zersprungen.

Ich war zu ihr geeilt. Und mit mir jede Menge *Titan Racing* Mitarbeiter. Unter anderem Byron King, der Teammanager von *Titan Racing* und Riley Valera, *Titan Racings* Pressechefin.

Mit welcher Ausrede hätte ich, der Teamchef von *Titan Racings* ärgstem Gegner, bei Kenzie bleiben sollen?

Welche Entschuldigung wäre ausreichend gewesen, um Byron und Riley wegzuschicken?

Außer der Wahrheit fiel mir weiß Gott kein triftiger Grund ein. Und die Wahrheit durfte ich ihnen ohne Kenzies Zustimmung nicht erzählen.

Also hatte ich mich schweren Herzens zurückgezogen, im Hintergrund allerdings dafür gesorgt, dass ich erfuhr, wie es Kenzie ging und wohin man sie brachte.

Vom Medical Center transportierte man sie für weitere Untersuchungen in das unweit entfernte Krankenhaus. Am Abend flog Toni sie in seinem Jet zurück nach Italien.

Sie ist bloß erschöpft und überarbeitet, hatte Toni Franca am Tag darauf abgewimmelt.

Ich glaubte ihm nicht.

Irgendetwas war im Busch. Das spürte ich.

Aber was?

Ich wusste es nicht. *Noch nicht.* Das würde sich jedoch bald ändern. Ich war fest entschlossen, es an diesem Wochenende hier in Australien aus Kenzie herauszubekommen.

Wir mussten reden. Und zwar schleunigst.

Wie ich am Sonntagmorgen feststellen musste, gestaltete sich mein Plan komplizierter, als zunächst angenommen. Das erste Rennen der Saison sorgte für viel Furore und hielt mich dermaßen auf Trab, dass die Tage an mir vorbeiflogen, wie ein Kampfjet mit Überschallgeschwindigkeit. Zwischen meinen zahlreichen

Terminen hielt ich immer wieder nach Kenzie Ausschau, doch wenn überhaupt, sah ich sie nur aus der Ferne.

Wann immer ich mir einen Weg in ihre Richtung bahnte, wurde ich von Journalisten, *AOS*-Verantwortlichen, Teammitgliedern, Sponsoren und *Serie del Rey* Managern aufgehalten. Jedes Mal, wenn ich es schaffte, mich aus den Gesprächen zu winden, war Kenzie verschwunden.

Sie mied mich.

Daran bestand kein Zweifel.

Und sie machte einen verflucht guten Job darin.

Zu meinem Leidwesen hatte ich Kenzie auch während des Treffens mit Toni am Freitag nicht angetroffen, da sie Dakota und Allegra bei der Vorbereitung eines wichtigen CEO-Events half.

Nun, ein paar Stunden vor Rennbeginn, sanken meine Chancen zusehends. Dass ich vor dem Rennstart noch ungestört mit ihr sprechen konnte, bezweifelte ich.

Somit setzte ich alle Hoffnung in den heutigen Abend. Denn dann würden Toni und ich uns einen Jet zurück nach Europa teilen. Für gewöhnlich flog Kenzie zusammen mit ihrem Boss, um ihm auch über den Wolken zuarbeiten zu können. Und das wiederum würde bedeuten, dass wir sehr viele Stunden auf engstem Raum miteinander verbringen mussten, ohne dass sich ihr eine Fluchtmöglichkeit bot.

Zwar wusste ich noch nicht, wie wir in Tonis Gegenwart über unser Geheimnis sprechen konnten ohne aufzufliegen, aber ich würde mir etwas einfallen lassen. Und eines stand fest: Ich würde tun, was immer nötig war, um mit Kenzie zu reden.

Sie fehlte mir. Sie fehlte mir so sehr, dass es weh tat. So sehr, dass es mich von meinen Pflichten und Verantwortungen als Teamboss ablenkte. So sehr, dass es mich dazu verleitete, mich in mein verflixtes Auto zu setzen und meine Meetings per Konferenzschaltung im Auto abzuhalten, anstatt in Person. Warum? Weil ich mich irgendwo auf der Autobahn von Bologna in Richtung Mailand, auf dem Weg zu Kenzie, befand. Und das ganze drei Mal. Ganze drei Mal, ohne Kenzie auch nur ein einziges Mal anzutreffen.

Meine Verliebtheit in Kenzie überstieg offenkundig alles, was ich bisher in meinem Leben erlebt hatte. Sie beflügelte mich, wenn ich mit Kenzie zusammen war und sie lähmte mich, wenn mich Kenzie auf Abstand hielt.

Am Sonntagabend stieg ich mit einem soliden Rennergebnis im Gepäck in den Jet zurück nach Europa. Ein Massencrash im Mittelfeld, unmittelbar nach dem Start, wirbelte das Rennen kräftig durcheinander, sodass sich Stefano Velucci und Rocco Cabrera bis zum Rennende auf Position zwei und drei vorarbeiten konnten. Mit den *Titan Racing* Fahrern auf Position eins und vier, lagen wir nach dem Saisonauftakt nun Kopf-an-Kopf im Kampf um die WM.

In dem wartenden Jet hießen mich der Stewart und der erste Offizier willkommen.

»Guten Abend. Bin ich der Erste?«, erwiderte ich ihre Begrüßung.

»Ja, Sir. Mister Hofer verspätet sich um wenige Minuten. Darf ich Ihnen in der Zwischenzeit etwas zu trinken anbieten?«

Ich bestellte einen *Gin Tonic* und schaute aus dem Fenster, vor dem in diesem Moment ein weiterer Wagen zum Stehen kam. Toni stieg aus, das Handy an sein Ohr gepresst.

Ich wartete darauf, dass sich auch die andere Autotür öffnete und sich Kenzie zu Toni gesellte, doch es tat sich nichts.

Die Tür blieb verschlossen.

Auch dann noch, als der Fahrer der Limousine Tonis Gepäck zum Flugzeug trug und Toni die Gangway hinauf zu mir in den Jet stieg.

»Entschuldige die Verspätung«, brummte er und ließ sich mir gegenüber in den Sitz fallen.

»Langer Tag?«

»Das fragst *du mich*?«, grunzte Toni amüsiert und deutete auf meinen Drink. »Einmal das Gleiche für mich, bitte.«

Der Stewart nickte freundlich. »Gerne. Kommt sofort.«

»Wo ist Kenzie? Sie weicht doch sonst nie von deiner Seite?«

Ich versuchte, meine Frage gleichgültig und sachlich klingen zu lassen, was mir nur gelang, weil ich

Toni nicht ansah, sondern mich auf einen Punkt am Horizont konzentrierte.

»Roadtrip.«

»Roadtrip?« Überrascht zog ich die Augenbrauen hoch.

»Sie bereist mit einer Freundin die Südküste Australiens und fliegt im Anschluss direkt zum Grand Prix nach Japan weiter.«

Niederschmetternde Enttäuschung machte sich in mir breit. Ich bemühte mich, sie mir im Gespräch mit Toni nicht anmerken zu lassen.

»Du gibst ihr Urlaub? Unmittelbar nach Saisonbeginn? Das ist ungewöhnlich.«

»Das ist es, ja. Aber sie hat den Urlaub bitter nötig. Auf uns wartet eine lange, ermüdende Saison. Ich will sichergehen, dass es ihr gut geht.«

»Geht es ihr denn nicht gut?«

»Es ging ihr schon mal besser«, hielt sich Toni bedeckt und stürzte seinen *Gin Tonic* herunter. »Noch einen, bitte. Bevor ich mich wieder aufrege, wie ein wildes Tier.«

Ich hüllte mich in Schweigen und beobachtete Toni dabei, wie er seinen zweiten Drink hinunterstürzte. Mich zurückzuhalten und ihn nicht mit Fragen nach Kenzies Wohlergehen zu löchern, fiel mir ausgesprochen schwer.

Der Jet hob ab und brachte uns binnen kürzester Zeit über die Wolken.

»Darf ich Ihnen das Abendessen servieren?« Der Stewart trat neben uns und reichte uns die Menükarte.

Als er verschwand, um sich an unsere Bestellung zu

machen, wandte ich mich an Toni. Ich hielt die Unge-
wissheit Kenzies Zustand betreffend nicht mehr
länger aus.

»Ist Kenzie ernsthaft krank? Ich weiß, wir sind
Konkurrenten, aber ich mag Kenzie. Ich mache mir
große Sorgen, seitdem sie in Barcelona quasi vor
meinen Augen ohnmächtig geworden ist.«

»Das ist nobel von dir, Cesare. Kenzie hat ein paar
schlimme, dunkle Wochen hinter sich. Im Detail darf
ich mich zu diesem Thema leider nicht äußern, weil
Kenzie mich gebeten hat, absolutes Stillschweigen
darüber zu wahren.«

Der Stewart, der in diesem Moment die Vorspeise
servierte und Toni, der demonstrativ aus dem Fenster
starrte, hielten mich davon ab, weiter nachzubohren.

So wie die Dinge lagen, gab es nur eine Möglichkeit
herauszufinden, was Kenzie beschäftigte: Ich musste
selbst mit ihr sprechen.

In Japan, das schwor ich mir, würde ich sie nicht
wieder davonkommen lassen.

4
KENZIE

Der Roadtrip mit Skye entlang der australischen Südküste hatte mich auf andere Gedanken gebracht: Der Spaziergang durch den Eukalyptuswald am *Kennett River*, bei dem wir niedliche Koalas beim Futtern beobachtet hatten. Die Wanderung durch den *Great Otway Nationalpark*, in dem wir gigantische, mehrere Jahrhunderte alte Buchen, rauschende Wasserfälle und beeindruckende Tiere, die ich bei Weitem nicht alle kannte, bestaunt hatten. Und nicht zu vergessen, der Ausflug zu den *Zwölf Apostel*, die bis zu sechzig Meter hohen Felsen aus Kalkstein, die sich im *Port Campbell Nationalpark* befanden.

All diese großen und kleinen Abenteuer lichteten den düsteren Nebel, der mich bis dahin fest umschlossen hielt.

Wir standen meist noch vor der Dämmerung auf,

um den Sonnenaufgang an den schönsten Spots der Küste, vor dem Eintreffen der Touristenscharen, in Ruhe zu genießen. Anschließend stürzten wir uns ins Getümmel und fielen abends todmüde und reich an neuen Eindrücken ins Bett.

Mein persönliches Highlight war wohl die Begegnung mit einem knuffigen Känguru, das zwei Tagestouren vor unserer Ankunft in Adelaide bei einer unserer Sonnenaufgangsmissionen aus dem angrenzenden Wald zu mir hüpfte und sich völlig selbstverständlich wenige Meter neben uns niederließ, um sich zusammen mit Skye und mir den Sonnenaufgang anzusehen.

Ich wagte kaum zu atmen, weil ich es nicht vertreiben wollte. Gleichzeitig bemühte ich mich nach Kräften, nicht in Tränen auszubrechen, weil die Welt, wenn man sie aus dem richtigen Blickwinkel betrachtete, so unfassbar schön war.

Morgens um halb sieben, mit einem dampfenden Becher Kaffee in der Hand, irgendwo im Nirgendwo zwischen Melbourne und Adelaide, den Blick auf die aufgehende Sonne am Horizont geheftet, die das hellbraune Fell des zahmen Kängurus golden färbte, wirkte die Welt für einen wertvollen Augenblick vollkommen in Ordnung.

Ich saugte die einzigartigen Eindrücke und Erfahrungen in mich auf, wie ein Schwamm das Wasser, sodass ich eine Woche später beschwingt und gestärkt in den Flieger nach Japan stieg. Vor mir lag ein langes, aufregendes Jahr und ich war fest entschlossen, das Beste daraus zu machen. Doch

zuvor musste ich mit meiner Vergangenheit abschlie-
ßen. Mit Cesare reden.

Leider hatte auch die Woche des Seelenbaumelns
in Australien nicht dafür gesorgt, dass ich mich bereit
fühlte, mich meiner jüngsten Vergangenheit zu stellen.
Aber ich wusste, dass ich es nicht mehr allzu lange
aufschieben konnte.

Ich brauchte Antworten. Und Cesare verdiente
Klarheit.

Nach getaner Arbeit, seilte ich mich am
Mittwochnachmittag in Japan ab, um in das nahegele-
gene Dorf *Oshino Hakkai* zu fahren. Ich wollte *Grünen
Tee* kaufen und entlang des kleinen Baches, den zu
dieser Jahreszeit ein Meer aus rosafarbenen Kirch-
blüten flankierte, spazieren.

Ziellos lief ich in dem kleinen Dorf mit seinen acht
malerischen Teichen umher und kaufte nicht nur japa-
nischen Tee, sondern auch einen zauberhaften Block
mit Kirschblütenzeichnung, der mich an diesen idylli-
schen, friedlichen Ort erinnern sollte.

Ich verließ das Dorf und schlenderte an dem tief-
blauen Bach entlang, den eine dichte Ansammlung an
duftenden Kirschbäumen umrahmte. Nach einer Weile
kam eine Holzbrücke in Sicht, die einen direkten Blick
auf den *Mount Fuji* mit seiner schneebedeckten
Spitze bot.

Fasziniert stützte ich mich am Brückengeländer ab und genoss die einmalige Aussicht, die sich mir bot: Unter mir ein friedvoll plätschernder Bach, rechts und links neben mir, soweit das Auge reichte, rosafarbene Kirschbäume und vor mir der majestätische *Fuji* Berg mit seiner charakteristischen Schneepracht.

Ich schloss die Augen und atmete den süßen Duft der Kirschblüten ein.

»Ein Traum, nicht wahr?«, vernahm ich eine Stimme unmittelbar neben mir, die mich erstarren ließ.

Cesare.

Ich hielt die Augen, entgegen meines ersten Reflexes, bewusst noch einen Moment geschlossen, um mich auf den Anblick vorzubereiten, der sich mir in wenigen Sekunden präsentieren würde. Und um mein wild pochendes Herz daran zu hindern, mir aus der Brust zu springen.

»Hi«, flüsterte ich kaum hörbar, als sich meine Lider flatternd öffneten und er in mein Sichtfeld trat.

Cesare war so unerträglich schön. Und das, obwohl er müde und abgekämpft wirkte, was die Falten um seine Augen und die Furchen auf seiner Stirn mir verrieten. Unwillkürlich fragte ich mich, woher sie wohl rührten.

»Hallo, Kenzie.«

»Wie hast du mich gefunden?«

»Ich bin dir gefolgt.«

»Du bist mir *gefolgt*? Warum? Und wieso bist du überhaupt schon so früh hier? Toni reist erst morgen an.«

»Die Antwort auf alle deine Fragen lautet: Weil ich dich sehen und mit dir reden wollte.«

Ich wandte meinen Blick von Cesare ab. Es schmerzte, ihn zu sehen. Und die Versuchung, mich in seine Arme zu werfen, war zu groß.

»Wie geht es dir, Kenzie?« In seiner Stimme schwang ein sorgenvoller Unterton.

»Es geht mir … gut. Ja, es geht mir gut, würde ich sagen.«

»Du hast mir in Barcelona einen gehörigen Schrecken eingejagt. Was war los?«

Ich schnaubte verdrießlich. »Was *los* war? Du fragst mich allen Ernstes, *was los war*?«

»Ja, das frage ich dich. Denn nicht ich bin umgefallen und habe mir den Kopf angeschlagen, sondern du.«

»Ich bin gestolpert. Ein Moment der Unachtsamkeit.«

»Franca sagt, dass du ermüdet und erschöpft warst.«

»Ja, das auch. Es kam einiges zusammen.«

»Was meinst du mit: *einiges*?«

Ich seufzte und verfolgte einen Schwall von Blüten dabei, wie sie nach einem Windstoß durch die Luft wirbelten und in dem plätschernden Bach landeten, um darin davonzutreiben.

»*Was* meinst du mit: *einiges*, Kenzie?«, wiederholte Cesare und rückte näher an mich heran.

»Du hast dich nicht mehr bei mir gemeldet.«

»In der Woche vor Barcelona?«

»Ja. Ich habe mir schon gedacht, dass du beruflich

extrem eingespannt sein musst, so kurz vor der Vorstellung des neuen *Racing Rosso* Boliden. Aber dann ...«

»Dann hast du mich mit Fiona gesehen«, beendete Cesare meinen Satz, nachdem ich stockte.

»Ja«, krächzte ich und spürte, wie eine heiße Träne aus meinem Augenwinkel auf das Brückengeländer fiel.

»Fiona ist mit ein paar Freundinnen zum Shopping nach Barcelona geflogen. Rein zufällig zu der Zeit, während der ich mich wegen der Testfahrten ebenfalls dort aufhielt. Du und ich wissen natürlich beide, dass es sich dabei um keinen Zufall handelte. Sie wollte sich *Racing Rosso* und die *Serie del Rey* ansehen und hat mich um Pässe gebeten. Die habe ich ihr gegeben. Nicht mehr und nicht weniger.«

»Sie hat dich geküsst.«

»Erstens: Wie du ganz richtig sagst, *sie* hat *mich* geküsst. Und zweitens: Ich habe den Kuss nicht erwidert. Das hättest du gesehen, wenn du nicht vorher zu Boden gegangen wärst.«

»Ihr seid also nicht wieder zusammen?«

Cesare schüttelte ungläubig den Kopf. »Das fragst du mich nicht wirklich, Kenzie. Sag mir, dass du das nicht ernst meinst.«

»Sie ist deine *Frau*, Cesare.«

»Sie ist meine Frau, von der ich seit fast einem Jahr in Trennung lebe und von der ich noch in diesem Jahr geschieden werde. Ich dachte, das hätten wir geklärt, Kenzie. Warum zweifelst du an mir? An uns?«

»Ich ... es tut mir leid. Ich habe euch zusammen

gesehen und es hat ... es hat so verdammt weh getan, dass es mir förmlich das Herz herausgerissen hat. Ich dachte, du meldest dich nicht mehr bei mir, weil du wieder mit ihr zusammen bist.«

»Weißt du, was *mir* weh tut? Dass du so von mir denkst. Ich dachte, ich hätte dir gezeigt, dir gesagt, was ich für dich empfinde. Wie kannst du auch nur für eine Sekunde in Frage stellen, dass du die einzige Frau auf dieser Welt bist, mit der ich zusammen sein will?«

»Es tut mir leid«, murmelte ich erneut und rang mit mir. Ich musste Cesare erzählen, *warum* ich an jenem Tag in Barcelona neben mir stand. Aus welchem Grund ich dermaßen überreagiert hatte. Und wieso ich mich danach von ihm und von allen zurückgezogen hatte.

Aber wie sollte ich ihm schonend erklären, dass ich unser Kind, von dessen Existenz er noch nicht einmal etwas wusste, verloren hatte?

Ausgeschlossen. Ich konnte es ihm nicht sagen.

Ich würde ihm damit bloß wehtun. Und nutzen würde ihm dieses Wissen rein gar nichts. Denn weder er noch sonst jemand auf dieser Welt konnten etwas gegen den erlittenen Verlust tun. Er konnte die Vergangenheit nicht ändern. Das Geschehene nicht ungeschehen machen.

»Bitte versprich mir, dass du in Zukunft mit mir redest, Kenzie. Wenn du Zweifel hast, dich geängstigt fühlst oder traurig bist: Rede mit mir darüber. Lauf nicht vor mir weg. Du hast keine Ahnung, wie krank vor Sehnsucht ich bin. Ich habe dich jeden verfluchten

Tag vermisst. Dein Schweigen hat mich beinahe in den Wahnsinn getrieben.«

»Es tut mir leid«, wiederholte ich mit leiser Stimme und umfasste das Brückengeländer fester. »Cesare, das mit uns ...« Ich stockte und schluckte hart.

»Was, Kenzie? Was ist mit uns?« Cesare stieß sich vom Geländer ab, drehte mich zu sich um und umfasste meine Oberarme. Panisch musterte er mich. »Mit uns ist doch alles in Ordnung, oder nicht?«

»Ich möchte unsere Beziehung beenden«, brachte ich den wohl schmerzhaftesten Satz hervor, den ich je in meinem Leben ausgesprochen hatte.

»*Was? Wieso?*«

»Weil ... weil ich das nicht mehr länger kann.«

»Weil du *was* nicht mehr länger kannst?«

»Dieses Versteckspiel. Die Lügen. Das bin nicht ich.«

»Woher kommt dieser plötzliche Sinneswandel, Kenzie? Was ist passiert?«

»Nichts. Ich habe mir das in Ruhe überlegt und ich komme mit diesem Druck einfach nicht zurecht.«

»Bullshit! Das glaube ich dir nicht. Sag mir endlich, was mit dir los ist. Gibt es einen anderen? Ist es das?«

»Nein!«, schrie ich entrüstet.

»Was dann? *Sag es mir*!«, schrie Cesare zurück.

»Ich war schwanger, okay? Von dir. Ich habe es bei dem Sturz in Barcelona verloren.«

5
CESARE

In meinen Ohren ertönte ein so lautes Pfeifen, dass ich Kenzie losließ und die Finger schmerzend gegen meine Ohrmuscheln drückte. Gleichzeitig blieb mir die Luft weg, sodass ich taumelte und mit der Hüfte unsanft gegen die Brüstung stieß.

»Cesare! Was ist mit dir?«

Kenzies Stimme drang aus weiter Ferne durch einen dichten, kalten Nebel zu mir durch.

Ich kniff die Augen zusammen und rang nach Luft.

Sie war schwanger gewesen? *Schwanger*? Mit *unserem* Kind? Und dann hatte sie es verloren? Ganz allein? Ohne dass ich ihr zur Seite stehen konnte?

Allein.

Voller Ängste, Trauer und Verzweiflung. Wochenlang.

Dieses Wissen ließ mich laut aufschreien. Ein markerschütternder Schrei entrang sich mir aus tiefster Seele und verwandelte die uns umgebende friedvolle Idylle in einen Kriegsschauplatz absoluter Verwüstung.

»Es tut mir so leid«, flüsterte Kenzie erschrocken und begann zu weinen.

»Sag das nicht.« Ich zog sie in meine Arme und hielt sie fest umschlungen. »Es ist nicht deine Schuld, Kenzie.«

»Ich bin hingefallen«, weinte sie leise unter bitteren Tränen der Verzweiflung.

»Aber doch nicht mit Absicht.«

»Wäre ich nicht hingefallen ...«

»... hätte sich das Schicksal etwas anderes ausgedacht, um uns unser Kind zu rauben«, unterbrach ich ihre unsinnigen Gedanken.

»Es tut mir so leid, Cesare. So unendlich leid.«

»Schhhh. Schon gut, mein Schatz.« Ich hielt sie schützend in meinen Armen und wiegte sie beruhigend.

Kenzie klammerte sich an mich, als wäre ich ihr Rettungsanker, der sie vor dem Ertrinken bewahrte. Ihre wärmende Nähe linderte die Schmerzen des tragischen Verlustes, die sich, scharfkantig wie ein Eispickel, in meine Brust bohrten.

»Du bist eine bemerkenswerte, tapfere Frau, Kenzie. Aber du hättest das nicht allein durchmachen müssen. Wieso bloß hast du nicht mit mir gesprochen?«

»Mitten in den Vorbereitungen zum Saisonauftakt? Ich war vollkommen durch den Wind, weil ich keine Ahnung hatte, wie ich dir meine Schwangerschaft beichten sollte und wie du darauf reagieren würdest. Und danach ... nach dem Sturz ... ich wollte dich nicht mit etwas belasten und ablenken, das du sowieso nicht hättest ändern können. Außerdem wusste ich nicht, was da zwischen Fiona und dir läuft.«

Ich seufzte traurig.

Wie ich auf die Verkündung ihrer Schwangerschaft reagiert hätte, hatte sie sich gefragt. Auf ein Baby mit Kenzie. Auf das größte Geschenk überhaupt.

»Offenbar habe ich dir nicht oft genug gesagt, wie wichtig du mir bist. Also lass es mich dir jetzt sagen.« Ich entließ sie aus meinen Armen und hob ihr Kinn an, um ihr bei meinen nächsten Worten in die Augen sehen zu können. »Ich *liebe* dich, Kenzie. *Dich* und keine andere Frau auf dieser Welt. Ich will ein Teil deines Lebens sein. Das kann ich aber nur, wenn du mich lässt. Wenn du mich nicht ausschließt.«

Tränen über Tränen rannen Kenzies Wangen hinab und erinnerten mich an unsere erste Begegnung im Fahrstuhl vor sechs Monaten. Ich beugte mich vor und küsste sie weg, was dazu führte, dass Kenzie die Augen schloss und herzzerreißend schluchzte.

»Wollen wir ein Stück gehen und du erzählst mir die Geschichte von Anfang an?«

»Okay«, hauchte sie trostlos und ergriff zitternd meine Hand.

Schweigend gingen wir eine Weile nebeneinander her. Ich wollte sie nicht drängen und wartete geduldig, bis sie sich dazu bereit fühlte, sich mir zu öffnen.

»Ich habe die Einnahme der Pille nie vergessen und

war auch sonst immer vorsichtig. Das musst du mir glauben«, begann sie.

»Natürlich glaube ich dir. Ich kenne niemanden, der in dieser Hinsicht gewissenhafter ist als du«, erwiderte ich leichthin und meinte zu einhundert Prozent, was ich sagte.

»Das ganze Versteckspiel hat mir ziemlich zugesetzt. Dass ich nie wusste, ob wir uns wiedersehen. *Wann* wir uns wiedersehen. Ich habe dich immerzu vermisst. Und gleichzeitig habe ich mich Toni gegenüber schuldig gefühlt, weil ich auch während der Arbeitszeit ständig an dich gedacht habe. Deshalb habe ich jeden Abend mit klopfendem Herzen im Bett gelegen und konnte bei dem Gedankenkarussell in meinem Kopf nicht zur Ruhe kommen.«

»Wieso hast du mich nicht angerufen?«

»Weil wir vereinbart haben, uns während der Arbeitswoche nicht zu kontaktieren.«

»Wir hätten unsere Vereinbarung doch ändern können, Kenzie.«

»Dann hätte ich mich womöglich noch schuldiger gefühlt.«

»Wenn du die Pille stets pünktlich eingenommen hast, wie konntest du dann trotzdem schwanger werden?«

»Mit einhundertprozentiger Sicherheit kann ich dir das nicht sagen, aber ich vermute, dass das Johanniskraut, das ich zur Beruhigung genommen habe, etwas damit zu tun hat. Es kann die Wirkung der Pille in manchen Fällen schwächen oder außer Kraft setzen. Das habe ich nicht gewusst.«

»Im wievielten Monat warst du?«

»Im ersten.«

»Es wäre also ein Herbstbaby geworden.«

»Ja«, lächelte Kenzie traurig. »Das wäre es wohl.«

Ich blieb stehen und wandte mich ihr zu. »Es tut mir leid, dass du das alles allein ertragen musstest. Ich wäre gern an deiner Seite gewesen.«

»Ich wollte dir keine Probleme machen, Cesare.« Kenzie sah auf den plätschernden Bach und bückte sich, um eine der unzähligen Kirschblüten aufzuheben.

»Ich hätte mir gewünscht, zusammen mit dir um unser Baby trauern zu dürfen, Kenzie. Es ist nicht allein dein Baby. Es ist *unser* Baby.«

»*War*. Nicht *ist*«, murmelte Kenzie. »Es *war* unser Baby.«

Ich schloss die Augen und atmete bei dem Schmerz, der mich zu übermannen drohte, tief durch.

»Es tut mir leid, Cesare. Es tut mir leid, dass ich dir nichts gesagt habe. Dass ich dir das Recht zum Trauern genommen habe.«

»Es ist nie zu spät zum Trauern, Kenzie. Du bist hier. Und du bist alles, was ich in diesem Moment brauche. Lass uns zusammen am Ufer sitzen und Abschied von unserem Kind nehmen.«

Ich nahm ihre Hand und führte sie unter einen der Kirschbäume, der sich direkt am Ufer des kleinen Bachs befand. Wir ließen uns im Gras nieder und Kenzie legte behutsam eine Kirschblüte auf das Wasser.

»Mach's gut, mein kleiner Engel«, flüsterte sie tränenerstickt.

Wir beobachteten die unschuldige Kirschblüte dabei, wie sie langsam von uns wegtrieb, bis wir sie schließlich aus den Augen verloren. Für immer.

Ich bettete Kenzies Kopf an meiner Brust und streichelte sanft über ihre Haare, während die Tränen, die ich so mühsam zurückgehalten hatte, mein Gesicht hinabströmten. Ich ergab mich ihnen und weinte in stiller Trauer über all das, was hätte sein können, wenn es uns das bisweilen unfassbar grausame Leben nicht verwehrt hätte.

Nach einer Weile wandelten sich die bitteren Tränen in einvernehmliches Schweigen. Wir genossen die Nähe und Wärme des anderen, spendeten uns gegenseitig Mut, Trost und Kraft.

Als ich es nicht mehr länger aushielt, gestand ich Kenzie, was mir schon seit ihrem schmerzlichen Bekenntnis auf dem Herzen lag.

»Ich hätte unglaublich gern ein Baby mit dir gehabt, Kenzie. Ich hoffe das beantwortet deine Frage, wie ich auf die Nachricht reagiert hätte.«

Kenzie hob ruckartig den Kopf und musterte mich ungläubig.

»Warum?«

»Warum *was*?«

»Warum hättest du gern ein Baby mit mir gehabt?«

»Weil du die Frau meines Lebens bist, Kenzie. Mit

dir kann ich mir alles vorstellen. Ich würde mir wünschen, dass wir irgendwann eine ganze Horde Kinder haben, die glücklich und gesund in unserem Garten herumtollen.«

Kenzie versteifte sich bei diesen Worten in meinen Armen und schwieg.

Mit jeder Sekunde die verstrich, ohne dass sie auf meine Aussage reagierte, wuchs meine innere Unruhe. Mir schwante Böses, doch ich hoffte, dass ich mich mit meiner dunklen Vorahnung irrte.

»Ich kann das nicht mehr, Cesare. Ich habe das vorhin ernst gemeint«, brach sie nach einer Weile ihr erdrückendes Schweigen und rammte mir mit voller Wucht ein scharfes, langes Messer in mein sowieso schon blutendes Herz.

»Was kannst du nicht mehr?«, presste ich mühsam hervor und rang erneut nach Luft.

»Den anderen etwas vorspielen. Lügen. Mich verstecken. Vielleicht war die Fehlgeburt ein Zeichen. Eine Botschaft.«

»Was denn für eine Botschaft?«

»Dass wir nicht zusammen sein dürfen. Dass wir für unsere Lügen vom Leben bestraft werden.«

»Das ist doch Unsinn, Kenzie.«

»Ist es das? Was, wenn wir so weiter machen wie bisher und in ein paar Wochen in die nächste Katastrophe schlittern?«

»Welche Katastrophe denn?«

»Das uns jemand zusammen sieht und uns auffliegen lässt, zum Beispiel. Früher oder später wird das passieren, Cesare. Es sei denn, wir verkriechen uns jedes Mal, wenn wir uns sehen. Und was für eine Beziehung wäre das dann?«

»Wieso glaubst du, dass uns früher oder später jemand entdeckt?«

»Weil du in Italien zu einer Art Nationalhoffnung aufgestiegen bist, Cesare. Hast du das denn immer noch nicht bemerkt?«

»*Was* bemerkt?«

»Dass die Medien nahezu jeden Tag über dich berichten. Dass die Italiener all ihre Hoffnung in dich setzen. Die Hoffnung, dass *du Racing Rosso*, den nationalen Stolz, wieder an die Spitze bringen kannst. *Titan Racing* ist zwar ebenfalls in Italien ansässig, gehört aber einer amerikanischen Investorengesellschaft und ist auch sonst alles andere als italienisch. *Racing Rosso* hingegen ist durch und durch italienisch. So wie du. Die Journalisten sind ganz heiß auf Interviews mit dir. Sie verfolgen dich regelrecht. Deswegen ist es auch ziemlich dumm und leichtsinnig von uns, hier in aller Öffentlichkeit zusammenzusitzen.«

»Weißt du, wie egal mir all das ist? Was mir hingegen nicht egal ist, bist du. Ich will nicht ohne dich leben, Kenzie. Unter keinen Umständen.« Ich sah Kenzie eindringlich an und schüttelte entschieden den Kopf.

»So lange du der Teamchef von *Titan Racings* stärkstem Konkurrenten bist, geht das mit uns nicht.«

»Was hat sich in den letzten zwei Monaten verändert, Kenzie? Was ist heute im Vergleich zu unserem letzten Treffen in Venedig anders?«

»*Ich* bin anders. *Ich* habe mich verändert. Mein

Leben hat sich verändert. Ich kann nicht einfach dort weitermachen, wo wir aufgehört haben. Es ... es fühlt sich nicht richtig an. Die Menschen in meinem Umfeld haben sich so aufopferungsvoll um mich gekümmert, mir bedingungslos zur Seite gestanden. Ich möchte sie nicht vor den Kopf stoßen, indem ich dich weiter treffe. Du bist ihr Erzfeind, Cesare.«

»Das ist unfair, Kenzie. Ich hätte dir auch bedingungslos zur Seite gestanden, wenn du mir von Anfang an reinen Wein eingeschenkt hättest. Aber ich hatte ja nicht einmal den Hauch einer Chance, für dich da zu sein.«

»Du hast recht. Mit allem, was du sagst.« Kenzie massierte sich müde die Schläfen. »Doch ich kann die Zeit nicht zurückdrehen und meine Fehler ungeschehen machen. Wir müssen uns mit der Situation abfinden.«

»Also glaubst du, dass wir ohneeinander glücklicher sind?«

»Nein. Natürlich nicht.«

»Warum willst du dich dann von mir trennen?«

»Ich sehe keine Zukunft für uns, solange du der Teamchef von *Racing Rosso* und ich die PA des Teamchefs von *Titan Racing* bin. Boss gegen Boss. Und ich genau dazwischen. Das kann auf Dauer nicht gut gehen.«

»Könntest du dir vorstellen zu kündigen?«

»Nein. Ja. Vielleicht.« Kenzie senkte ihr von Tränen gerötetes Gesicht und erhob sich. »Ich weiß es nicht. Ich weiß momentan gar nichts. Es fühlt sich so an, als sei ich von einem LKW überrollt worden.«

»Was willst du von mir, Kenzie? Wenn du verlangst, dass ich dich kampflos aufgebe und ziehen lasse: Das kann ich nicht.«

»Kannst du mir Zeit geben?«

»Noch mehr Zeit? Ich vermisse dich. Jeder einzelne Tag, um den du mich bittest, ist ein verlorener Tag für mich.«

»Ich weiß genau, wie du fühlst, Cesare. Glaub mir.«

»Kenzie ...«

»Bitte«, unterbrach sie mich. »Tu es für mich. Gib mir die Zeit, die ich brauche, um das Gedankenkarussell in meinem Kopf anzuhalten.«

Ich erhob mich, um Kenzie auf Augenhöhe zu begegnen und strich ihr mit dem Daumen durch das verweinte Gesicht, dessen blaue Augen trotz allem so wunderschön und hoffnungsvoll in der Aprilsonne Japans glänzten.

»Okay. Ich tue es. Für dich. Weil ich dich liebe.«

6

KENZIE

Die Wochen vor dem größten Grand Prix des Jahres, dem Los Angeles Grand Prix, brachten die Mitglieder des Marketing- und Kommunikationsteams an ihre Grenzen. Sämtliche Sponsoren, zahlreiche Geschäftspartner und der Vorstand würden bei der Premiere des Straßenrennens entlang der Strandpromenade von Santa Monica aufschlagen und uns ordentlich auf Trab halten.

Dakota, die Leiterin der Sponsorenabteilung, arbeitete stets bis tief in die Nacht und ich leistete ihr während dieser Zeit im Büro Gesellschaft.

Nach Hause wollte ich nicht. Denn dort würde ich bloß allein herumsitzen und stetig weiter grübeln, ohne je zu einem Entschluss zu gelangen.

Der Verlust des Babys hatte mich unsagbar hart getroffen, was mich ehrlicherweise etwas verwunderte.

Zwar wollte ich mein Leben lang Kinder, aber zu dem Zeitpunkt, als ich schwanger wurde, stand eine Schwangerschaft für mich vollkommen außer Frage. Meine Beziehung zu Cesare fühlte sich zu jener Zeit zu frisch, zu kompliziert und zu unsicher für ein Kind an.

Doch damit nicht genug. Man sollte meinen, dass man ein winzig kleines Wesen, das man gerade mal ein oder zwei Wochen unter dem Herzen trug, nicht vermissen konnte. Aber ich tat es. Und wie. Das hässliche Gefühl der Leere, des Verlustes und der Trauer wurde mittlerweile zwar mit jedem Tag etwas weniger, doch ich konnte es nach wie vor spüren. Klar und deutlich.

Eines stand in jedem Fall fest: Ob nun gewollt oder nicht, selbstverständlich hätte ich das Kind bekommen und es abgöttisch geliebt. Mit oder ohne Cesare.

Eigentlich hatte ich während des Australien Road Trips mit Skye neue Kraft geschöpft und angenommen, dass ich mit meiner Fehlgeburt abgeschlossen hätte. Doch das Treffen mit Cesare in Japan hatte all meine aufgestauten, unterdrückten und niedergekämpften Gefühle wachgerüttelt und mich dazu gezwungen, den Verlust zu akzeptieren, die Trauer zuzulassen und mich mit meiner Verzweiflung auseinanderzusetzen, in der Hoffnung, darüber hinwegzukommen.

Und genau das versuchte ich. Jeden Tag von Neuem.

Womöglich versuchte ich es zu hart. Oder nicht hart genug. Keine Ahnung.

In meinem Kopf, in meiner Seele und in meinem Herzen herrschte eine Reizüberflutung, die mich keinen klaren Gedanken fassen ließ. Das Gespräch mit Cesare und der damit verbundene emotionale Zusammenbruch, hatten mich gefühlt um Meilen in meinem Vorhaben nach vorne zu schauen, zurückgeworfen.

Dass ich Cesare furchtbar vermisste, machte es nicht besser.

Aber wie sollte ich die Energie für die verzwickte, kräftezehrende und scheinbar aussichtslose Beziehung mit ihm aufbringen, wenn ich es bisweilen nicht einmal schaffte, mich morgens aus dem Bett zu kämpfen?

Und wie konnte ich die Fortsetzung der Beziehung zu Cesare vor den Menschen rechtfertigen, die in dieser schweren Zeit, ganz ohne Fragen zu stellen, für mich da gewesen waren?

Titan Racing und *Racing Rosso* lagen in der Weltmeisterschaft Kopf-an-Kopf. Toni brauchte mich, um ihm den Rücken freizuhalten. Cesare brauchte mich, um Kraft zu tanken und abzuschalten.

Half ich also einem der beiden Bosse, schadete ich indirekt dem anderen.

Hielt ich Toni den Rücken frei, erlaubte ihm das, Cesare und *Racing Rosso* besser anzugreifen.

Half ich Cesare an rennfreien Wochenenden dabei, sich zu entspannen und seine Sorgen zu vergessen, startete er angriffslustig und motiviert in eine neue Woche, fest entschlossen, Toni und *Titan Racing* zu besiegen.

Ich befand mich in einer scheinbar ausweglosen Zwickmühle.

Ich liebte Cesare. Und ich liebte Toni. Nur eben auf gänzlich verschiedene Art und Weise.

Konnte ich ohne Cesare leben?

Nein. Ein glückliches, erfülltes Leben schien ohne Cesare an meiner Seite undenkbar.

Konnte ich ohne *Titan Racing* leben?

Nein. Jedenfalls noch nicht. *Titan Racing* war ein wichtiger Teil von mir. So wie Cesare ...

»Hör auf zu grübeln, Kenz. Das bringt doch sowieso nichts.« Dakota streckte sich in ihrem Bürostuhl und gähnte herzhaft.

»Na das sagt ja die Richtige. Wessen Gedanken driften denn andauernd zu einem gebieterischen, höllisch scharfen und arbeitswütigen CEO in Las Vegas?«

»Touché. Aber gerade *weil* ich mich mit dieser Art von Gedankenendlosschleifen so gut auskenne, kann ich dir mit Sicherheit sagen, dass sie nirgendwohin führen.«

Ich hatte Dakota und Grayson Parker, den CEO von *Parker Resorts & Spas*, einen unserer größten Sponsoren und internationalen Hotel Tycoon, in Australien in ziemlich eindeutiger Pose erwischt. Zwei Minuten später und ich wäre mitten in einem astreinen Pornofilm gelandet.

Bis heute wusste ich nicht, ob mir Dakota für das

Eindringen in ihre Privatsphäre dankbar oder böse war.

Sie hielt sich, was Grayson Parker, betraf, reichlich bedeckt. Dass sie ihn in Los Angeles wiedertreffen und dort mit ihm ausgehen würde, hatten die Mädels und ich ihr unter der Androhung von Gewalt jedoch entlocken können.

Zwischen Grayson und Dakota schien sich etwas anzubahnen. Allerdings wusste ich nicht, wie die beiden mehr als nur eine unverbindliche Affäre zustande bringen sollten. Denn Grayson und Dakota liebten ihre Jobs. Sie lebten dafür. Um eine ernsthafte Beziehung zu führen, müsste theoretisch einer von beiden gewaltige berufliche Abstriche machen. Wie das funktionieren sollte, war mir ein Rätsel. Doch Grayson und Dakota waren beide erstaunlich intelligente und kreative Wesen. Wenn es einen gemeinsamen Weg gab, würden sie ihn finden.

Nachdem uns Dakota vor ein paar Wochen endlich ihre offensichtliche Schwäche für Grayson Parker gestanden hatte, reihte ich mich kurzerhand in die Beichtschlange ein und erzählte meinen besten Freundinnen von Cesare und mir.

Es hatte gutgetan, sich den ganzen Ballast von der Seele zu reden. Seitdem ich mein belastendes Geheimnis mit ihnen teilte, verspürte ich so etwas wie innere Befreiung, weil ich fortan offen mit ihnen über meine Gefühle für Cesare sprechen konnte. So auch an diesem Abend.

»Ich will mit Cesare zusammen sein, Dakota. Ich weiß nur nicht, wie. Das Damoklesschwert würde ewig über uns schweben und ich würde jeden Tag bangen, dass es herunterschnellt und uns ins Verderben reißt.«

»Keine gute Ausgangsposition für eine harmonische Beziehung.«

»Erzähl mir was Neues«, seufzte ich entmutigt.

»Es klingt vielleicht verrückt, dass dieser Ratschlag ausgerechnet von mir kommt und um ehrlich zu sein weiß ich auch gar nicht so genau, was ich davon halten soll ...«

»... Moment«, unterbrach ich sie mit einem unterdrückten Kichern. »Du gibst mir einen Ratschlag, von dem du selbst nicht weißt, was du davon halten sollst? Das klingt eher nach Riley, als nach Dakota, wenn ich das anmerken darf.«

»Ich habe ihn ja auch von Riley. Also den Ratschlag«, erwiderte Dakota achselzuckend und grinste.

»Wusste ich's doch!«, rief ich belustigt. »Immer raus damit. Was meint Tante Riley?«

»Tante Riley meint, dass man bisweilen auf sein Bauchgefühl hören sollte. Dass man sich, wie eine Meeresschildkröte, kopfüber in die Fluten stürzen und sich von den Wellen treiben lassen sollte, anstatt gegen sie anzukämpfen.«

»Ich sehe schon, wo dein Problem bei diesem Ratschlag liegt.«

»Ach ja?« Dakota hob fragend die Augenbrauen.

»Du springst nicht gern kopfüber in die Fluten, weil du eine furchtbar schlechte Schwimmerin bist.«

Dakota streckte mir übermütig die Zunge heraus. »So wird's sein, Einstein.«

Ich knuffte ihr freundschaftlich in die Seite und goss uns Tee nach.

In dem Dämmerlicht des verlassenen Büros von *Titan Racing* dachte ich über Dakotas Worte nach.

Taugte ich zur Meeresschildkröte? Konnte ich mich voller Vertrauen in die Fluten stürzen? Mich treiben lassen, ohne vorab zu wissen, wohin mich die Reise führte?

7
CESARE

Ich drehte das Rotweinglas zwischen meinen Fingern hin und her, während ich in das gedimmte Licht meiner Schreibtischlampe starrte.

Müde rollte ich den Kopf im Nacken und rieb mir die schmerzenden Nackenmuskeln.

Das Klingeln an der Haustür ließ mich überrascht zusammenfahren.

Ich erwartete keinen Besuch. Schon gar nicht so spät am Abend.

Wer konnte das sein?

Ein kleiner Funke der Hoffnung, dass es sich bei dem Besuch um Kenzie handelte, die sich endlich für uns entschieden hatte und mir dies persönlich mitteilen wollte, keimte in mir auf.

Beschwingt eilte ich zur Haustür und riss sie mit einem überschwänglichen Lächeln auf.

Mein Lächeln fiel jedoch auf der Stelle in sich zusammen, als ich Fiona vor meiner Haustür entdeckte.

»Ciao Fiona. Was tust du hier?« Ich versuchte mir meine Enttäuschung nicht anmerken zu lassen.

»Das ist ja mal eine nette Begrüßung. Für wen, wenn nicht mich, ist denn dieses eintausend-Megawatt-Lächeln reserviert?«

Sie beugte sich vor und gab mir einen Kuss auf beide Wangen. Widerwillig ließ ich es über mich ergehen.

»Ich weiß nicht, wovon du redest«, stellte ich mich dumm.

Ich hatte nicht vor, Fiona von Kenzie zu erzählen. Erstens wollte ich Fiona weder verletzen, noch vor den Kopf stoßen und zweitens wollte ich Kenzie nicht in Schwierigkeiten bringen. Ganz besonders nicht in ihrem aktuellen, fragilen Gemütszustand.

»Darf ich reinkommen?«

»Eigentlich bin ich beschäftigt. Außerdem ... es ist spät.«

»Das ist es allerdings. Ich möchte ungern um diese Uhrzeit den ganzen Weg zurück nach Hause fahren.«

»Warum bist du überhaupt hier? Was führt dich nach Bologna?«

»Ich war geschäftlich in der Gegend.«

»Geschäftlich?« Mein skeptischer Unterton verriet mich.

»Ja, Cesare. Nicht nur du gehörst zur arbeitenden Gesellschaft, weißt du? Auch andere Menschen gehen angesehenen Berufen nach«, giftete Fiona.

»So war das nicht gemeint«, beschwichtigte ich sie.

»Ach nein? Wie dann?«

Ich seufzte innerlich. Nicht schon wieder. Nicht schon wieder ein aussichtsloser Streit mit Fiona. Nicht heute. Nicht hier. Nicht jetzt.

»Hör zu, wenn du willst, kannst du heute Nacht im Gästezimmer übernachten.«

Ich wusste selbst nicht, warum ich ihr das anbot. Es fühlte sich falsch an. Völlig falsch. Aber ich konnte meine Noch-Ehefrau wohl kaum um elf Uhr abends auf eine lange Autofahrt durch die Nacht schicken. Vor allem da ich wusste, wie schwer ihr das Autofahren in der Dunkelheit fiel.

Fionas Schmollmund wandelte sich in ein strahlendes Lächeln. »Danke für das Angebot. Ich nehme es gerne an.« Sie rollte einen Trolley, den ich jetzt erst bemerkte, hinter sich ins Haus.

»Bist du auf Reisen oder was versteckst du in diesem Koffer?«

»Ich bin eine Frau, Cesare. Wir brauchen eben dieses und jenes, wenn wir auswärts übernachten.«

»Du hast also geplant, auswärts zu übernachten? Bei mir?« Ich formulierte es als Frage, aber natürlich kannte ich die Antwort darauf längst.

Ihr perfektes Lächeln verrutschte für einen winzigen Moment, bevor sie sich wieder fing und ihr Pokerface den ertappten Gesichtsausdruck überdeckte.

»Ich habe vorausgedacht, Cesare. Da ich nicht vorhersagen konnte, wie lange meine Meetings dauern würden, habe ich mich auf eine Nacht auswärts eingestellt. Also unterstell mir bitte nichts. Wenn du mich nicht hierhaben willst, kann ich auch in ein Hotel gehen.«

Ich hob abwehrend die Hände. »Schon gut. Ich zeige dir das Gästezimmer. Und danach gehe ich eine Runde joggen.«

»Was? Jetzt? Ich dachte, wir beide machen es uns zusammen gemütlich?«

Ich ließ ihre vorwurfsvolle Frage unbeantwortet und stieg die Treppe hinauf zum Gästezimmer.

Die ungeplante, ausgedehnte Joggingeinheit tat ausgesprochen gut. Ich powerte mich restlos aus, sodass meine Lungen und Beine gleichermaßen brannten, als ich eine Stunde später außer Atem vor meinem Haus zum Stehen kam.

Eine Stunde lang hatte ich weder Kenzie vermisst, noch mich über Fionas Dreistigkeit, mich spätabends zu überfallen, geärgert.

Ich hatte mir die Seele aus dem Leib gerannt und war vor allem und jedem davongelaufen.

Mit Erfolg.

Als ich nun die durchgeschwitzte Kleidung abstreifte und mich unter die Dusche stellte, stöhnte ich unter dem angenehmen Druck des heißen Duschstrahls, der auf mich hinabprasselte, sehnsüchtig auf. Ich schloss die Augen und genoss die Hitze, die meine verspannten und malträtierten Muskeln lockerte. Mit beiden Händen stützte ich mich dehnend gegen die Duschwand und ließ die festen Tropfen des Wassers meine Schultern und meinen Nacken massieren.

Das Wasser rauschte so laut, dass ich nicht hörte, wie die Tür der Dusche geöffnet wurde und sich jemand zu mir gesellte. Als sich zwei Arme um meine Taille schlangen und eine Hand zielstrebig zu meinem Schwanz hinabwanderte, schrie ich erschrocken auf.

Was zur Hölle?

Ich wirbelte mit einer solchen Wucht herum, dass ich dabei um ein Haar Fiona zum Fallen brachte.

»Was zum Teufel wird das, Fiona?« Meine Stimme zitterte vor Wut.

Eilig bedeckte ich meinen Schwanz mit meinen Händen und hielt meinen Blick fest auf Fionas Augen geheftet, anstatt auf ihren splitternackten Körper.

»Du wirkst so verspannt, Cesare. Ich möchte mich ein bisschen um dich kümmern, jetzt wo ich schon mal hier bin.«

Sie ließ sich auf die Knie sinken, sodass sich ihr Gesicht auf der Höhe meines Schwanzes befand. Lustvoll leckte sie sich die Lippen und streckte ihre Hände nach mir aus.

»Lass das«, presste ich eisig hervor und wich zurück, was sich mit der Wand in meinem Rücken äußerst schwierig gestaltete.

Wenn ich hier raus wollte, musste ich unweigerlich an Fiona vorbei.

»Es *lassen*? Warum denn? Das hat dir doch immer gefallen. Schließ die Augen. Ich möchte dich verwöhnen und ich verspreche dir, dass du es lieben wirst.«

Fiona beugte den Kopf nach vorn und leckte provokativ über meine Hände, die meinen Schwanz vor ihrem Angriff schützten.

»Hör auf damit. Sofort. Ich will das nicht. Ich will *dich* nicht, Fiona!«

Das hier war doch absurd!

Ich befand mich mitten in meinem ganz persönlichen Albtraum. In meinem eigenen Haus.

Warum hatte ich Idiot auch nicht die Badezimmertür abgeschlossen?

Vielleicht weil meine Fantasie nicht annähernd krank genug war, um vorauszusehen, dass Fiona sich in mein Schlafzimmer und von dort aus in mein Badezimmer schleichen würde. Vollkommen nackt und mit dem Entschluss, mich zu verführen.

»Warum willst du mich nicht? Gefalle ich dir nicht mehr?«

Fiona erhob sich und präsentierte sich mir aufreizend.

»Gefallen dir diese vollen, festen Brüste nicht mehr? Dieser straffe Po? Diese willigen Lippen, die dir so gerne einen blasen würden?«

Sie griff nach meiner Hand und wollte sie zwischen ihre gespreizten Beine führen. Ich ließ es nicht zu und wehrte mich.

»Ich will dir zeigen, wie sehr *ich dich* will, Cesare. Wie bereit ich für dich bin.«

»Nein, Fiona. Nein, nein und nochmals nein. Verschwinde aus der Dusche. Sofort.«

Ich griff hinter mich und stellte das nach wie vor rauschende Wasser ab, das uns in feuchtschwüle Nebelschwaden hüllte.

»Ich gehe nirgendwohin«, erwiderte sie trotzig.

»Also gut. Dann eben anders.«

Ich nahm meine Hände von meinem Schwanz und nutzte Fionas Überraschungsmoment, um nach ihr zu greifen, ihre Arme vor der Brust zu fixieren und sie vor mir aus der Dusche zu tragen.

Sie zappelte widerwillig, was dafür sorgte, dass mich ihr nackter Körper an Stellen berührte, an denen ich sie nie wieder spüren wollte.

Angewidert von ihrem Verhalten warf ich ihr ein Badetuch zu und schlang mir selbst eins um die Hüften.

»Du hast es nicht nötig, dich mir so anzupreisen. Du hast es nicht nötig, dich *irgendeinem* Mann so anzupreisen, Fiona. Du bist wunderschön und begehrenswert. Tu mir einen Gefallen und erniedrige dich nie wieder auf diese Art und Weise vor einem Mann. Das ist deiner unwürdig.«

Sie warf das Badetuch achtlos zur Seite, hielt aber zumindest Abstand von mir.

»Wenn ich so wunderschön und begehrenswert bin, warum willst du mich dann nicht, Cesare? Was mache ich falsch? Was gefällt dir nicht an mir? Sag es mir, verdammt«, schrie sie mich an.

Es brach mir das Herz, sie so zu sehen. Zu wissen, dass sie meine Liebe um jeden Preis wollte, ich sie ihr aber nicht geben konnte.

»Ich liebe dich nicht, Fiona. *Das* ist der Grund. Du

bist wunderschön. Innerlich wie äußerlich. Und du wirst den Mann finden, für den du der größte Schatz auf Erden bist. Doch *ich* bin *nicht* dieser Mann. Wieso willst du das nicht verstehen?«

»Weil ich nicht glaube, dass du jemanden finden wirst, der besser für dich geeignet ist, als ich. Du und ich, Cesare, wir sind füreinander geschaffen. Du wirst das, wonach auch immer du suchst, nicht finden.«

Ich ging auf Fiona zu und hob das Badetuch von Boden auf, wickelte es um ihren Körper und sah ihr fest in die Augen. »Ich *habe* es bereits gefunden, Fiona. Ich habe die Frau meines Lebens gefunden. Ich wollte dir dieses Geständnis eigentlich ersparen, weil ich dir nicht noch mehr wehtun wollte. Aber nach dem, was eben passiert ist, kann ich dir nicht mehr länger vorenthalten, dass ich verliebt bin, Fiona. Hoffnungslos. Rettungslos. Jede Faser von mir liebt diese Frau. Und zwar mehr als mein Leben. Für mich gibt es also kein Zurück mehr.«

Fiona starrte mich an, als hätte ich sie geohrfeigt.

Sie öffnete den Mund, schloss ihn dann jedoch wieder.

Wortlos drehte sie sich um und verließ mein Badezimmer.

Ich sah ihr hinterher, beobachtete wie sie wütend durch mein Schlafzimmer stapfte. Wenige Sekunden später fiel die Tür des Gästezimmers krachend ins Schloss.

Um mich gegen einen weiteren Übergriff zu schützen, zog ich mir in Rekordgeschwindigkeit Boxershorts, Jeans und Pullover über und steckte mein

Handy in die Hosentasche. Dann ging ich zu Fionas geschlossener Zimmertür und klopfte zaghaft dagegen.

Fiona riss die Tür von innen auf und funkelte mich zornig an. »Wer ist sie?«

»Das werde ich dir nicht sagen«, antwortete ich ruhig.

»Warum nicht? Ich mache die Schlampe fertig!«

»Genau aus diesem Grund. Bitte beruhige dich, Fiona und lass uns in Ruhe darüber reden. Sie kann nichts dafür, dass ich mich in sie verliebt habe. Glaub mir. Sie hat genauso dagegen angekämpft, wie ich.«

»Wie lange geht das schon mit euch?«

»Spielt das eine Rolle? Was bringt dir dieses Wissen?«

»Ich mache sie fertig, Cesare. Und dich gleich mit.«

Ich schnaubte genervt und versuchte um jeden Preis, nicht laut zu werden. Das fiel mir außerordentlich schwer. Denn so langsam reichte es mir mit Fionas kranken Spielchen.

»Du wirst ihr kein Haar krümmen, Fiona. So bist du nicht. Und egal, wie lächerlich du dich hier gerade aufführst: Du wirst mich nicht vom Gegenteil überzeugen. Du bist eine erwachsene, vernünftige und gutmütige Frau. Ich habe dich verletzt. Dass du sauer bist, steht dir zu. Es ist dein gutes Recht. Aber sei sauer auf *mich*. Nicht auf sie. Sie hat dir nichts getan. Sie hat dir nichts genommen.«

»Sie hat mir *dich* genommen!« Fiona spie mir die Worte erbost entgegen.

»Nein. Das hat sie *nicht*. Du hattest mich nie, Fiona.

Das ist die traurige Wahrheit. Und das ist allein meine Schuld. Sie hat dir nichts nehmen können, was du nie hattest.«

»Das werden wir ja sehen.«

Fiona stürmte an mir vorbei und fuhr mich dabei beinahe mit ihrem Koffer um.

»Wo willst du hin? Es ist nach Mitternacht.«

»Was interessiert dich das? Wenn du doch so hoffnungslos verliebt bist, was machst du dann noch hier? Wieso bist du nicht bei ihr? Wieso ist sie nicht bei dir?«

»Kannst du bitte stehen bleiben, Fiona?« Ich eilte ihr hinterher und sprintete die Treppen hinunter ins Erdgeschoss.

»Nein. Ich gehe.«

»Wohin?«

»Ins Hotel.«

»In welches Hotel?«

»Ich frage noch einmal, Cesare: Was interessiert es dich?«

»Du bist mir wichtig, Fiona. Ich will nicht, dass dir etwas zustößt.«

»Wenn ich bei einem Autounfall sterbe, musst du dich nicht mehr von mir scheiden lassen. Dann kannst du umso schneller deine neue Flamme heiraten. Also wünsch dir doch, dass ich draufgehe. Vielleicht helfe ich ja auch etwas nach.«

Sie öffnete die Haustür und wollte sich hindurchschieben. Ich hielt sie zurück und knallte die Tür so heftig zu, dass Fiona ängstlich zusammenzuckte.

»Es reicht jetzt! Endgültig. So einen beschissenen Unsinn will ich nie wieder von dir hören. Ich fahre dich jetzt höchstpersönlich ins Hotel und sorge dafür, dass du dort wohlbehalten ankommst. Gib mir deine Autoschlüssel.«

Als Fiona nicht reagierte, machte ich einen Schritt auf sie zu und durchsuchte wutschnaubend ihre Jackentaschen. Ich fand den Schlüssel und öffnete die Haustür, zog sie hinter mir her zu ihrem Auto.

»Einsteigen«, wies ich sie brüsk an.

Sie wusste offenbar, dass sie mit ihrer letzten Bemerkung unwiederbringlich über das Ziel hinausgeschossen war und hüllte sich infolgedessen in eisiges Schweigen.

Mir sollte es recht sein. Das ersparte mir ein weiteres Wortgefecht, das nichts als Energie und Nerven kostete.

Ich fuhr sie zu dem nahegelegensten vier-Sterne-Hotel und parkte den Wagen auf dem Parkplatz. Dann lud ich ihren Koffer aus und bezahlte ihr Zimmer. Gott sei Dank ließ sich heutzutage fast alles per Handy bezahlen. Im Eifer des Gefechts hatte ich mein Portemonnaie nämlich zuhause vergessen.

Fiona verabschiedete sich trotzig und ohne ein weiteres Wort an mich zu richten.

Ich ließ mir ein Taxi rufen und versuchte die dunkle Vorahnung abzuschütteln, dass Fiona mir in naher Zukunft noch so einiges an Ärger und Sorgen bereiten würde.

8

KENZIE

Die Wellen rollten fast geräuschlos an den Strand von Santa Monica. Der Himmel war in einem feurigen Orange gefärbt. Hell- und dunkellila Wattewölkchen vermischten sich dort mit dem grellen Orange zu einer undefinierbaren, leuchtenden Farbe. Die Sonne kämpfte sich am Horizont zwischen den Wolken hindurch und befeuerte das brennende Orange noch zusätzlich.

Der Santa Monica Pier mit seinem bekannten Riesenrad, den Fahrgeschäften und den bunten Buden lag dunkel im Schatten der weichenden Nacht.

So früh am Morgen waren außer ein paar fleißigen Joggern und Hundebesitzern noch keine Menschen auf dem tagsüber reichlich frequentierten Strandabschnitt unterwegs.

Ich genoss die Stille und schlenderte mit nackten

Füßen am Strand entlang. Die Wellen überspülten immer wieder meine Zehen, erfrischten mich, ließen mich im Sand einsinken.

Ich spazierte der Sonne entgegen und reckte mein Gesicht in das beeindruckende Morgenlicht. Unweigerlich fielen alle Schatten hinter mich. Die Schatten der Vergangenheit. Der Sorgen. Der Trauer. Der Ängste.

Mit geschlossenen Augen stellte ich mir vor, eine Meeresschildkröte zu sein, die sich von den sanften Morgenwellen tragen ließ und in den schwachen Sonnenstrahlen des Sonnenaufgangs, die sie angenehm wärmten, entspannt vor sich hintrieb.

Keine schlechte Vorstellung.

Unwillkürlich musste ich lächeln. Eine Meeresschildkröte müsste man sein.

Ich öffnete die Augen und setzte meinen Spaziergang gemächlich fort.

Fast ein Monat war seit meiner Aussprache mit Cesare in Japan vergangen. Ein Monat, in dem wir uns nicht intim berührt, uns nicht geküsst und uns nicht geliebt hatten.

Mir tat jeder Tag davon in der Seele weh.

Natürlich begegneten wir uns unweigerlich während der *Serie del Rey* Rennen. Das brachte mein Beruf nun mal mit sich. Ich konnte ihn nicht meiden. Das wäre unprofessionell und unreif. Außerdem wollte ich es auch gar nicht. Ich *wollte* Cesare sehen. Ihn zu sehen sorgte dafür, dass ich mich für ein paar Minuten glücklich und geliebt fühlte. Denn daran, dass er mich liebte, ließ er keinen Zweifel.

Nie.

Seine flüchtigen Berührungen, seine sehnsüchtigen Blicke und seine zweideutigen Bemerkungen machten es mir mit jedem Mal schwerer, in seiner Gegenwart nicht schwach zu werden und mich ihm hinzugeben.

Ein Jogger, der in rasantem Tempo scheinbar mühelos den Strandabschnitt hinter sich ließ, erhaschte meine Aufmerksamkeit. Als er sich mir näherte, erkannte ich Cesare, der nur mit Shorts und Basecap bekleidet den Strand entlang sprintete.

Schlagartig klopfte mir mein Herz bis zum Hals.

Zum Verstecken war es zu spät. Er hatte mich längst entdeckt. Seine linke Hand, die er nun zum Gruß hob, bestätigte meinen Verdacht.

»Kenzie, hi«, schnaufte er außer Atem und stützte die Hände auf seinen Oberschenkeln ab. Er reckte den Kopf und sah zu mir hinauf.

Ich bemühte mich, nicht in seinen hinreißenden blauen Augen zu versinken, in denen so viel Liebe für mich lag.

»Hey Fremder«, lächelte ich. »Du bist aber früh auf den Beinen.«

»Dasselbe könnte ich von dir behaupten.«

»Ich konnte nicht schlafen.«

»Ich auch nicht.« Cesare richtete sich auf und wir betrachteten einander schweigend.

Ich widerstand dem Drang, mit meinem Zeigefinger über seine durchtrainierte, nackte und verschwitzte Brust zu streichen.

»Gehen wir ein Stück?« Wie so oft rettete er mich

mit seiner unkomplizierten Art, die alles so einfach und selbstverständlich erscheinen ließ.

»Gern.«

»Gefällt dir L.A.?«, erkundigte er sich, als wir ein paar Minuten später den bekannten Pier hinter uns gelassen hatten.

»Ja, sehr. Viel werde ich davon dieses Mal zwar nicht sehen, aber ich habe vor ein paar Jahren einen schönen Urlaub hier verbracht. Ich bin mit einer Freundin von San Diego bis nach San Francisco gefahren.«

»Klingt lustig.«

»Das war es. Ein tolles Abenteuer. Was ist mit dir?«

»Was soll mit mir sein?«

»Magst du L.A.?«

»Das tue ich, ja. Ich mag es überall dort, wo ich mit dir allein am Meer entlang spazieren kann.« Er griff nach meiner Hand und legte sie vorsichtig in die seine. »Ich hoffe, das ist okay? Dass ich dich berühre, meine ich.«

Ich nickte, weil die aufkommenden Tränen, die mir die Luft abschnürten, keinen brauchbaren Ton zuließen.

»Ich vermisse dich, Kenzie. Und ja, ich weiß, dass ich versprochen habe, dir Zeit zu geben und dich nicht unter Druck zu setzen. Tut mir leid.«

»Das muss es nicht«, krächzte ich angestrengt und blieb vor Cesare stehen. »Ich vermisse dich nämlich auch. Jeden Tag.«

Cesare hob unsere verschränkten Hände an seinen

Mund und küsste sie. »Ist das so?«, flüsterte er und bedeckte jeden meiner Knöchel mit einem zarten Kuss.

»Ja«, hauchte ich und verfolgte mit flatterndem Herzen seine Bewegungen. »Ja, das ist so.«

Cesares Mund wanderte von meinen Fingerknöcheln zu meinem Handgelenk, das er mit kleinen, neckenden Bissen bedeckte.

»Und jetzt?«, murmelte er und bahnte sich einen Weg aus Küssen von meinem Handgelenk, über meinen Unterarm bis hin zu meiner Armbeuge. »Was machen wir mit diesem Wissen?«

»Ich weiß es nicht«, seufzte ich trunken von dem Dopamin und dem Seratonin, die in meinem Körper bei seinen zärtlichen Berührungen freigesetzt wurden.

Cesare zog mich an sich und begann, sich an meinem Hals hinauf zu küssen. Sein männlicher Duft nach Leder, Tabak und Kiefer vermischte sich in meiner Nase mit dem salzigen Aroma nach Meer, Schweiß und Sonne.

»Gott, wie ich das vermisst habe«, raunte er und nahm gierig Besitz von meinem Körper. »Wie ich *dich* vermisst habe.«

»Wir sollten das nicht tun«, rief ich ihm ins Gedächtnis, konnte mich aber nicht dazu durchringen, mich von ihm abzuwenden.

»Ich weiß, Baby. Können wir das für eine einzige Minute vergessen und so tun, als hätten wir die Lösung zu all unseren Problemen bereits gefunden?« Er küsste die Sommersprossen auf meinem Gesicht und näherte sich verheißungsvoll meinen Lippen. »Bitte, Kenzie. Nur ein Kuss.«

Wohlwissend, dass es bei diesem einen Kuss nicht bleiben würde, öffnete ich meine Lippen. Eine stumme Einladung, die er sofort ergriff.

Sein Mund verschloss den meinen mit einem erlösenden Seufzer, bei dem mir eine wohlige Gänsehaut den Rücken hinaufkroch.

Ich registrierte nicht, wie meine Knie nachgaben. Auch nicht, dass Cesare mich in seinen Armen auffing und sich mit mir in den Sand sinken ließ. Sein Kuss und dessen berauschende Wirkung ließen mich alles andere um mich herum vergessen.

Erst als Cesares Hand unter mein Kleid fuhr und er sich zielstrebig einen Weg zwischen meine Beine und unter den Bund meines Höschens bahnte, erwachte ich aus meiner Trance.

Cesare schob mein Höschen beiseite und ließ seine Finger durch meine feuchte Spalte gleiten, ohne seinen Kuss auch nur für eine Sekunde zu unterbrechen.

Mit kleinen Kreisen begann er, mich zu streicheln und brachte mich damit binnen einer Minute an den Rand der Verzweiflung. Er konnte schließlich nicht wissen, dass ich seit Monaten, genau genommen seit unserem letzten Treffen in Venedig, keine intime Berührung mehr genossen hatte. Selbstverständlich würde ich keinen anderen Mann an mich heranlassen und auch ich selbst hatte mich nicht berühren wollen. Ich wollte Cesare. Ohne ihn verspürte ich keine Lust auf Sex. Auf Befriedigung. Auf gar nichts, um genau zu sein.

Als er mit einem Finger in mich eindrang, stöhnte ich leise auf.

»Wir sollten das nicht tun«, versuchte ich in einem letzten, halbherzigen Versuch, das Ganze zu beenden, obwohl wir die Grenze des Verbotenen längst überschritten hatten.

»Wir tun doch überhaupt nichts«, murmelte Cesare heiser und biss provozierend in mein Kinn.

»Und was macht dann deine Hand zwischen meinen Beinen?«, keuchte ich angestrengt, weil Cesare in diesem Moment einen zweiten Finger in mich gleiten ließ.

»Die muss sich wohl verirrt haben.«

Er machte Anstalten, mir seine Hand zu entziehen, doch ich presste meine Beine zusammen und hielt ihn davon ab. »Jetzt, wo sie schon mal da ist, darf sie bleiben.« Meine Stimme klang seltsam entrückt. Das lag wohl daran, dass ich kurz vor dem Orgasmus stand.

Cesare gluckste leise an meinem Mund. »Okay, Baby. Das ist sehr gütig von dir.«

Er setzte seine Streicheleinheit fort, küsste mich stürmisch, massierte mich zärtlich. Ich stand lichterloh in Flammen und verbrannte binnen Sekunden in seinen Armen.

»Du hast ja keine Ahnung, wie wunderschön du bist, Kenzie«, flüsterte er an meinen Lippen und bedachte mich mit sanften, hauchzarten Küssen. »So wunderschön, dass es fast schon weh tut, dich anzusehen.«

»Cesare ...«

»Ich weiß, Baby. Ich weiß. Du brauchst das hier. Ich kann es sehen. Es spüren. Und ich werde es dir geben. Ganz ruhig.«

Seine raue, männliche Stimme, die vor Erregung triefte, löste eine Gänsehaut auf meinem Körper aus. Wie schaffte er es nur, mich derart um den Verstand zu bringen?

Es brauchte nur einen Satz von ihm. Einen Blick. Und schon war ich ihm verfallen.

Dass wir uns hier an einem öffentlichen Strand befanden, an dem wir jederzeit erwischt werden konnten, war mir in diesem Moment egal. Gerade jetzt zählten nur Cesare und das, was er mit mir anstellte.

Seine Finger streichelten meine Perle so gekonnt und behutsam, dass ich an mich halten musste, um nicht laut zu stöhnen. Es fühlte sich einfach so gut an. *Er* fühlte sich einfach so gut an.

In diesem Moment wurde mir mit voller Wucht bewusst, wie sehr ich ihn vermisst hatte. Wie schmerzlich mir seine Nähe gefehlt hatte. Und wie glücklich und leicht ich mich fühlte, wenn ich mit ihm zusammen war.

»Du bist feucht für mich, Baby. Und so eng.«

Vorsichtig führte er erneut zwei seiner Finger in mich ein und penetrierte mich mit rhythmischen Stößen.

Ich schloss die Augen und stellte mir vor, wie Cesare auf mir lag und tief mit seinem Schwanz in mich eindrang. Vor meinem inneren Auge sah ich seinen nackten, muskulösen, vor Anstrengung glänzenden Körper, der sich auf mir bewegte und mich mit seinem Gewicht in die Laken drückte. Ich vernahm seinen einzigartigen Duft, der mich umhüllte und meine Sinne flutete. Schmeckte seine Lust, die sich mit der meinen vermischte.

»Ich wünschte, dieser Augenblick würde ewig währen«, flüsterte ich und kämpfte gegen den sich anbahnenden Orgasmus an.

Ja, ich wollte diesen Höhepunkt. Ich sehnte mich danach. Brauchte ihn. Aber ich brauchte auch Cesare. Seine Berührung. Seine Zuwendung. Seine ... Liebe.

Jetzt, wo ich nach so langer Abstinenz endlich wieder von ihm kostete, war es so, als wäre die Sucht nach ihm mit einem Mal zurückgekehrt.

Ich befand mich in einem Rausch. In einem Wirbelsturm aus Glück, Befriedigung und Geborgenheit, der mich mit sich in nie dagewesene Höhen riss und mir das Gefühl gab, fliegen zu können.

Ein beschwingender, aber zugleich beängstigender Zustand. Ersteres, weil in Cesares Armen alles möglich schien. Letzteres, weil ich es nie für möglich gehalten hatte, dass man so für jemanden empfinden kann. Und weil mir in diesem Moment endgültig bewusst wurde, dass ein Leben ohne Cesare unmöglich war.

»Komm für mich, Kenzie. Lass dich fallen. Ich bin hier und fange dich auf«, raunte er beruhigend an meinem Ohr.

Ich verbarg mein Gesicht in seiner Halsbeuge, drängte die Tränen zurück, die in meine Augen schossen, weil ich diesen Mann so sehr wollte, dass es mich innerlich zerriss.

»Cesare ...«, rief ich erstickt und krallte mich an ihm fest.

Mit einem Seufzen, das bis in den letzten Winkel

meiner Seele hervordrang, fand ich meine Erlösung nach Monaten voller ungestillter Sehnsucht.

»Was ist mit *dir*?«, fragte ich, als sich mein Atem langsam wieder beruhigte.

»Mit mir?«

»Darf ich mich um dich kümmern? Dich erlösen?«

Cesare lächelte und sorgte dafür, dass mein nach wie vor wild pochendes Herz zunehmend an Geschwindigkeit aufnahm.

»Du hast mich schon erlöst, Kenzie. In dem Moment, in dem du mir erlaubt hast, dich zu küssen. Allerdings befürchte ich, dass diese Erlösung nicht von langer Dauer sein wird.«

»Wie meinst du das?«

»Ich meine damit, dass ich kein zweites Mal monatelang auf den nächsten Kuss von dir warten will. Können wir uns treffen? Reden? Eine Lösung finden? Dass wir ohne einander nicht leben können, ist ziemlich offensichtlich.«

»Wie soll diese Lösung aussehen, Cesare?«

Er erhob sich und zog mich mit sich. »Das sehen wir dann. Nächstes Wochenende bin ich bereits für eine Veranstaltung von *Nobili* vorgesehen, die ich nicht canceln kann ...«

»... und das Wochenende darauf findet der Grand Prix von Monaco statt«, sagte ich bedauernd. »Also wäre ein Treffen frühestens in drei Wochen möglich.«

»Ausgeschlossen. So lange kann ich nicht warten. Wir treffen uns in Monaco.«

»Während des Grand Prix'?«

»Ja, am Freitag. In Monaco wird nur am

Donnerstag und am Wochenende gefahren. Deshalb finde ich am Freitag einen Weg, mich für ein paar Stunden loszueisen. Wie steht es bei dir?«

»Das bekomme ich hin, ja.«

Cesare zog mich in eine enge, feste Umarmung und drückte mir einen Kuss auf den Scheitel. »Dann haben wir ein Date. Ich kann es kaum erwarten. Alles wird gut, Kenzie. Vertrau mir.«

9
CESARE

Ich lenkte den viel zu auffälligen Protzwagen von *Nobili* auf einen öffentlichen Parkplatz unweit des kleinen Bergdorfes Èze, das hoch über den Häuserschluchten von Monaco thronte und zog mir meine Basecap tiefer ins Gesicht.

Mit den zerschlissenen Jeans und dem ausgewaschenen T-Shirt würde man hoffentlich nicht genauer hinsehen und mich bestenfalls für einen der vielen Millionäre und Milliardäre halten, die in Monaco residierten.

Ich schob mir die Sonnenbrille auf die Nase und ging bergab. Nach einer Weile bog ich auf einen schmalen Seitenpfad ein, den man bei all den wuchernden Pflanzen leicht übersah, wenn man nicht speziell danach suchte.

In Gedanken machte ich mir eine Notiz, Stefano Velucci, einem meiner beiden Fahrer, später für seinen

Tipp zu danken. Ich hatte ihn gefragt, wo ich ungestört und zurückgezogen von all dem Trubel, der an diesem Wochenende in Monaco herrschte, joggen könnte.

Er hatte mir Èze und den versteckten Trampelpfad empfohlen, den außer den Einheimischen kaum jemand kannte.

Natürlich wollte ich hier nicht joggen. Ich brauchte einen Ort mit genügend Privatsphäre, um mich ungestört mit Kenzie treffen zu können.

In dem zwei Quadratkilometer großen Fürstentum war dies schier unmöglich und auch in den daran angrenzenden französischen Dörfern Roquebrune-Cap-Martin und Cap d'Ail verhielt es sich nicht besser.

Von Nizza bis Menton war an diesem Grand Prix Wochenende so ziemlich alles ausgebucht. Wer kein bezahlbares Zimmer im Fürstentum fand, wich auf die Nachbardörfer aus. Fans und Touristen tummelten sich in sämtlichen Bars, Restaurants und Cafés. Einzig Èze, das kleine Bergdorf mit einer Handvoll Hotels und Zimmer, taugte als halbwegs sicherer Zufluchtsort.

Ich bahnte mir einen Weg zwischen den Pflanzen hindurch und hoffte, dass Kenzie diesen abgelegenen Platz, basierend auf meiner Wegbeschreibung, finden würde.

Als ich nach fünf Minuten bei dem massiven Felsvorsprung, der das gesamte Fürstentum überblickte, angelangte, stellte ich überrascht fest, dass Kenzie noch vor mir hier eingetroffen war.

Ich blieb stehen und musterte sie ausgiebig, wie sie da in der Sonne saß und ihren Gedanken nachhing. Sie trug, wie ich auch, ausgeblichene Jeans und ein legeres

T-Shirt. Ihre zimtfarbenen Haare schimmerten unter den Sonnenstrahlen der Maisonne. Sie hatte ein Knie angewinkelt und blickte auf das unter ihr liegende Fürstentum und das unmittelbar daran angrenzende azurblaue Meer mit seinen Segelbooten und Super-yachten.

Obwohl ich mich bemühte leise zu sein, schien sie meine Anwesenheit zu spüren und drehte sich zu mir um.

»Hey«, lächelte sie und strich sich nervös eine Haarsträhne aus dem Gesicht.

»Du bist früh dran, Kenzie.«

Ich ging zu ihr herüber und ließ mich neben ihr nieder.

»Du auch. Ganze fünfzehn Minuten«, konterte sie mit einem Blick auf ihre Armbanduhr.

»Möglicherweise konnte ich es nicht erwarten, dich zu sehen«, gestand ich schulterzuckend.

»Ging mir genauso.«

Bei ihrem Bekenntnis wurde mir warm um mein aufgebrachtes Herz. Ich nahm ihr Gesicht in meine Hände und zog sie zu einem ausgedehnten, hungrigen Kuss zu mir.

»Reden«, murmelte ich und rief mir in Erinnerung, dass wir uns nicht zum exotischen Sex in der Wildnis, sondern zum Reden und Problemlösen verabredet hatten. »Wir wollten reden.«

»Gleich«, wisperte Kenzie und schlang ihre Arme um meinen Hals. »In einer Minute.«

Irgendwann ging die wohl längste und zugleich schönste Minute meines Lebens zu Ende und Kenzie löste sich mit einem seligen Lächeln von mir.

»Hey«, sagte sie erneut und strich mir über die Wange.

»Selber hey.« Ich erwiderte ihre liebevolle Geste und nahm ihre Hand in die meine.

»Es ist schön hier«, stellte sie fest und wies mit dem Kinn auf das Meer der Côte d'Azur, über dem die Möwen kreisten, deren Kreischen der Wind zu uns herübertrug. »So als würde man sich das Paradies von oben ansehen.«

»Hmm«, entgegnete ich zustimmend und dachte dabei an mein ganz persönliches Paradies, das direkt neben mir saß.

»Also dann, lass uns reden, oder?«

»Ja«, seufzte ich und wandte mich Kenzie zu. »Hat sich an deiner Einstellung etwas geändert? Könntest du dir vorstellen, unsere Beziehung an den rennfreien Wochenenden weiterzuführen?«

Sie schüttelte den Kopf. »Du hast gesehen, wohin diese Abmachung das letzte Mal geführt hat. Ich war nervös. Konnte nicht schlafen. Habe mich mit Schuldgefühlen geplagt. Mich gefragt, ob und wann wir uns wieder sehen. Angst gehabt, dass man uns erwischt. Die Wechselwirkung der Beruhigungstabletten hat dafür gesorgt, dass ich ungeplant schwanger wurde.

Den Rest der Geschichte kennst du. Dieselben Ängste, Sorgen und Schuldgefühle würden binnen kürzester Zeit zurückkehren, wenn wir da weitermachen, wo wir aufgehört haben. Ich möchte ungern wieder zu Medikamenten greifen, um diesen Druck loszuwerden.«

»Und ich möchte nicht, dass du ihn aushalten musst und daran kaputt gehst.«

»Ich gehe aber auch daran kaputt, dich nicht zu sehen, Cesare. Wenn es also keinen anderen Weg gibt, der es uns erlaubt zusammen zu sein, werde ich Toni von uns erzählen.«

»Das kannst du nicht machen, Kenzie. Damit würdest du mit ziemlicher Sicherheit deinen Job verlieren. Und damit einen wichtigen Teil deines Lebens.«

»Du bist mir wichtiger, Cesare. Ich durfte viele Jahre lang meinen Traumjob ausüben. Dafür bin ich sehr dankbar. Wenn ich ihn jetzt aufgeben muss, um mit dir zusammen zu sein, dann tue ich das. Ich werde Toni beichten, dass ich mich in dich verliebt habe und an deiner Seite durch das Leben gehen will. Das muss nicht zwangsläufig heißen, dass ich meinen Job verliere.«

»Kenzie ...«

»Ich weiß, was du sagen willst. Und ja, du hast recht. Dass ich nach diesem Geständnis meinen Schreibtisch räumen muss, scheint wahrscheinlich und verständlich. Da mache ich mir keine Illusionen. Aber Toni kennt mich. Er weiß, dass ich loyal ihm gegenüber bin. Dass ich niemals Informationen weitergeben würde. Und er weiß, dass ich gute Arbeit leiste. Wir sind seit Jahren ein eingespieltes Team. So etwas wirft man nicht einfach weg.«

»Du warst loyal bis zu dem Punkt, an dem du dich auf mich eingelassen hast. Ich bin der Feind, Kenzie, schon vergessen? Außerdem bin ich ein Mann. Und als Mann sage ich dir, dass du mit diesem Geständnis Tonis Ego in Stücke reißen wirst. Was Männer und verletzte Egos angeht, brauche ich dir wohl nichts zu erklären.«

»Aber was wäre die Alternative?«

»Ich gebe *meinen* Job auf. Das ist die Alternative.«

»*Was*? Was redest du da?« Kenzie sah mich wie vom Donner gerührt an. »Du kannst deinen Job nicht aufgeben, Cesare. Du bist der Teamboss von *Racing Rosso*. Die Hoffnung einer ganzen Nation ruht auf dir.«

»Ich muss diese Saison beenden, ja. Doch danach kann ich kündigen. Falls *Racing Rosso* die Weltmeisterschaft verliert, kann ich das als Vorwand nutzen. Dass ich offenkundig nicht gut genug oder nicht geeignet bin, um das Team zum Sieg zu führen. Falls *Racing Rosso* die Weltmeisterschaft gewinnt, kann ich behaupten, dass ich meine Mission erfüllt habe und das Zepter an jemand anderen weiterreichen.«

»Das kannst du nicht machen. *Racing Rosso* braucht dich.«

»Und ich brauche dich.«

Kenzie schüttelte ein weiteres Mal energisch den Kopf. »Ich will das nicht. Ich will nicht, dass du deinen Job wegen mir aufgibst.«

»Und *ich* will nicht, dass du *deinen* Job wegen mir aufs Spiel setzt. Tja, und jetzt?«

»Und jetzt sind wir genauso schlau, wie vorher.«
Kenzie stieß einen frustrierten Schrei aus und starrte
auf das Fürstentum, das vor uns in der Nachmittags-
sonne lag.

»Was machst du an deinem Geburtstag? Hast du
Pläne?«

Verwundert über den plötzlichen Themenwechsel
schnellte Kenzies Blick zu mir. »Wieso fragst du?«

»Weil du am Sonntag in einer Woche Geburtstag
hast. Deswegen«, zwinkerte ich.

»Woher weißt du das?«

»Das Datum steht in deinem Ausweis, Baby. Und
den hast du in Venedig benutzt, um deine Zugtickets
online auszufüllen. Ich habe es mir auf dem Handy
eingetragen, weil ich den Tag schon damals unbedingt
mit dir zusammen verbringen wollte. Daran hat sich
nichts geändert.«

»Sehr geschickt von dir. Und so wie ich dich kenne,
hast du bereits einen Plan.« Nun lächelte auch Kenzie
und vertrieb damit die angespannte Stimmung
zwischen uns.

»Den habe ich. Allerdings weiß ich nicht, ob ich
deine Pläne damit durchkreuze. Deshalb wollte ich
zunächst von dir wissen, was du vorhast.«

»Das ist schnell erzählt: Nichts.«

»Nichts?«

Kenzie zuckte ertappt mit den Schultern. »Mein
Geburtstag hat sich in diesem Jahr angeschlichen,
ohne dass ich Notiz davon genommen habe. Ich hätte
es vermutlich erst bemerkt, wenn meine Eltern und
Freunde mir gratuliert hätten.«

»Im Ernst? Geburtstage müssen gefeiert werden. Vor allem *deine* Geburtstage.«

»Normalerweise würde ich dir da zustimmen, doch in diesem Jahr ist mir nicht nach Feiern zumute.«

»Warum nicht?«

»Weil wir hier sitzen, diskutieren und zu keiner Übereinkunft gelangen, wie wir zusammen sein können. Wir wissen, was wir wollen, aber nicht, wie wir es bekommen.«

»Vorschlag: Wir verbringen deinen Geburtstag zusammen, gönnen uns Zeit zu zweit, tanken Kraft und entscheiden am Sonntagabend, was wir tun. Notfalls losen wir aus, wer von uns beiden seinen Job aufgibt.«

»Du bist verrückt. Sowas kann man doch nicht auslosen.«

»Nein? Dann stimmst du also zu, dass ich am Ende der Saison als Teamchef von *Racing Rosso* meinen Rücktritt verkünde?«

»Nein«, rief Kenzie entrüstet. »Dem stimme ich selbstverständlich *nicht* zu.«

»Na siehst du. Also müssen wir wohl oder übel losen, wenn du deine Meinung nicht änderst.«

»Wieso?«

»Weil ich nicht zulassen werde, dass du bei Toni ins offene Messer rennst.«

Kenzie warf mir einen flehenden Blick zu, den ich meinerseits mit einem entschiedenen Kopfschütteln quittierte. »Keine Chance, Kenzie.«

»Also gut«, lenkte sie ein. »Wir verbringen das nächste Wochenende zusammen und feiern gemeinsam meinen Geburtstag. Aber am Sonntagabend muss eine Entscheidung her. Entweder wir einigen uns, oder – und ich kann nicht glauben, dass ich das wirklich sage – wir losen es aus.«

»Einverstanden, mein Schatz«, grinste ich und gab ihr einen Kuss auf die Nasenspitze. »Jetzt, wo wir das geklärt haben, lass uns den Ausblick genießen. Komm her zu mir.« Ich breitete einladend die Arme aus und Kenzie rutschte zu mir herüber.

»So ist es perfekt«, murmelte ich, die Nase in ihren nach Honig und Rose duftenden Haaren vergraben. »Einfach perfekt.«

10

KENZIE

Ich stand im Garten des unscheinbaren Häuschens, das Cesare für uns am Gardasee gemietet hatte und genoss die Aussicht auf den dunkelblauen, ruhigen See, der im Abendlicht unter uns lag.

»Gefällt es dir?«

Cesare hatte sich unbemerkt hinter mich gestellt und schlang besitzergreifend die Arme um meine Taille.

»Und wie. Ich liebe es.«

»Das freut mich«, flüsterte er und küsste meinen Scheitel.

Wieder einmal staunte ich darüber, wie gut mich Cesare kannte. Er besäße zweifelsohne die finanziellen Mittel, uns die teuerste und luxuriöseste Villa am gesamten Gardasee zu mieten. Doch weil er wusste, dass ich es lieber bodenständig statt protzig mochte, hatte er sich für ein charmantes, kleines Häuschen am Hang des Gardasees mit Garten und kleinem Pool entschieden.

»Der Kühlschrank ist gut gefüllt. Ich kann uns etwas zum Abendessen zaubern. Hast du Hunger?«

Das Knurren meines leeren Magens bei dem Stichwort *Abendessen*, verriet mich.

Die Aussicht darauf, das erste Wochenende seit Monaten mit Cesare allein zu verbringen, hatte dafür gesorgt, dass ich den ganzen Tag so gut wie keinen Bissen herunterbekommen hatte.

»Ich helfe dir«, überspielte ich meine Nervosität und ergriff seine ausgestreckte Hand, um gemeinsam mit ihm zurück zum Haus zu gehen.

Unsere Reisetaschen standen noch immer im Wohnzimmer, da wir erst vor wenigen Minuten eingetroffen waren. Cesare hatte mich nach einem arbeitsreichen Freitag von meiner Wohnung abgeholt und mich an den zwei Stunden entfernten Gardasee entführt.

Eine ausgezeichnete Wahl. Ich verbrachte gern Zeit am Gardasee, auch wenn mein letzter Besuch dort schon ein paar Jahre zurücklag. Umso schöner, dass ich nun meinen Geburtstag hier feiern durfte.

»Mal sehen, was wir dahaben.« Cesare steckte seinen Kopf in den geöffneten Kühlschrank und inspizierte den Inhalt. »Wie klingen Spaghetti mit Miesmuscheln in Weißweinsauce?«

»Das klingt, als wüsstest du ganz genau, was ich

gern esse. Und erzähl mir jetzt bloß nichts von Zufall«, zwinkerte ich und ging unter dem Vorwand, mein Handy laden zu müssen, zu meiner Reisetasche.

In Wirklichkeit wollte ich vermeiden, dass Cesare die verräterischen Tränen entdeckte, die sich in meinen Augen sammelten.

Dass er sich offenbar so viele Gedanken um mich und um das, was mir gefällt, gemacht hatte, rührte mich so sehr, dass es mir die Tränen in die Augen trieb. Und das, *obwohl* er einen der stressigsten Jobs in ganz Italien besaß und *obwohl* ich ihn in den vergangenen Monaten stets auf Abstand gehalten hatte.

Nicht ich verdiente eine Feier, sondern er.

Eine Feier für die Liebe, die Wärme, die Geduld und all das Verständnis, das er mir unerschütterlich entgegenbrachte.

»Willst du dich mit einem Glas Wein auf die Terrasse setzen und dich ausruhen?«, fragte Cesare hinter mir und goss mir ein Glas des gekühlten Weißweins ein.

Das war zu viel.

Der Teamchef von *Racing Rosso*, der Mann, auf dessen Schultern der Druck einer ganzen Nation lastete, fragte *mich*, ob *ich* mich ausruhen wollte? Der Mann, der beinahe rund um die Uhr arbeitete, um dem unmenschlichen Druck standzuhalten und den Erwartungen der italienischen Fans gerecht zu werden, bot *mir* an, mich zu entspannen, während *er* für uns kochte?

Wenn es jemand verdiente, sich auszuruhen, dann war es Cesare und ganz sicher nicht ich.

Die mühsam zurückgehaltenen Tränen brachten den bebenden Staudamm zum Einstürzen und verursachten eine Flutwelle, die Cesare erschrocken die Augen aufreißen ließ.

»Stimmt etwas nicht?« Mit zwei Schritten war er an meiner Seite angelangt und zog mich in seine Arme. »Was hast du, Kenzie?«

Ich schlang meine Arme um ihn und presste ihn noch fester an mich, weinte hemmungslos an seiner Brust, unfähig auch nur ein vernünftiges Wort hervorzubringen.

Cesare strich mir beruhigend mit den Fingerspitzen über den Rücken und hielt mich seinerseits so fest er konnte. Er gab mir den Rückhalt, die Sicherheit und die Zuflucht, die ich in diesem Moment so sehr brauchte.

»Geht es wieder?« Er musterte mich besorgt, als ich mich nach schier endlosen Minuten am Rande des Nervenzusammenbruchs halbwegs gefangen hatte.

»Ja, entschuldige«, schniefte ich und wischte mir die Tränen aus dem Gesicht.

»Du musst dich nicht entschuldigen, Kenzie.«

»Doch, muss ich«, widersprach ich. »Ich muss mich bei dir entschuldigen. Für mein Verhalten dir gegenüber. Dass ich dir nicht sofort von dem Kind erzählt habe und auch dessen Verlust so lange für mich behalten habe. Und dafür, dass ich dich monatelang auf Abstand gehalten habe. Ich verdiene dich nicht, Cesare. Du bist immer so gut zu mir und ich ... ich ...«

»... du machst mich glücklich. Jeden einzelnen Tag meines Lebens. Du bist mein erster Gedanke am

Morgen und mein letzter Gedanke vor dem Einschlafen. Du bist meine Inspiration, meine Motivation, meine Droge. Ich schaue dich an und sehe eine mutige, starke und unabhängige Frau, die gewillt ist, es mit allem und jedem aufzunehmen. Die lieber allein durch die Hölle geht, statt die Menschen, die sie liebt, mit sich zu reißen. Die alles und jeden beschützen will. Die es allen rechtmachen will, um niemanden zu verletzen. Wie kannst du auch nur für eine Sekunde glauben, dass du mich nicht verdienst, Kenzie?«

»Ich habe dir wehgetan, Cesare ...«

»Und ich dir. Wir haben uns gegenseitig wehgetan, Kenzie. Unabsichtlich. Unwissentlich. Es gibt also keinen Grund, sich bei mir zu entschuldigen.«

»Die letzten Monate ... also ich ...« Ich brach ab, weil ich nicht wusste, wie ich in Worte fassen sollte, welche inneren Kämpfe ich in den vergangenen Monaten ausgefochten hatte.

»Du hast Zeit gebraucht, um zu dir zu finden und mit der Vergangenheit abzuschließen. Das ist okay, Kenzie. Du hast mich um Zeit und Abstand gebeten und ich habe dir beides gegeben. Du musst dich also für nichts entschuldigen.«

»Aber du hast gelitten. Ich habe es gesehen. In deinen Augen. Jedes verdammte Mal.«

»Und ich habe denselben Schmerz in deinen Augen gesehen. So absurd das auch klingen mag: Unsere Schmerzen haben mir die Hoffnung gegeben, dass sich alles zum Guten wenden wird. Dass wir wieder zusammenfinden werden.«

»Ich liebe dich«, flüsterte ich.

»Und ich liebe dich«, erwiderte Cesare und beugte seinen Kopf hinab, um meine Lippen mit den seinen zu bedecken.

Eine Stunde später saßen wir mit vollen Bäuchen auf der Hollywoodschaukel im Garten und wickelten uns in warme Wolldecken, da die Nächte am Gardasee im Mai vereinzelt noch recht kühl ausfielen.

Ich kuschelte mich an Cesare und schaute hinauf in den wolkenlosen Sternenhimmel.

»Wie winzig wir sind«, murmelte ich und genoss Cesares Atem an meinem Hals.

»Wir sind nur ein mikroskopisch kleiner Punkt in der Unendlichkeit von Raum und Zeit. So wie Milliarden von anderen Menschen. Das rückt unsere Sorgen gleich in eine andere Perspektive, nicht wahr?«

»Egal, ob wir das Leben genießen, oder uns mit Ängsten, Sorgen und Ärger herumplagen: Es wird vorbeigehen. So oder so.«

»Du hast recht. Die Zeit hält für niemanden an. Auch wenn ich manchmal das Gefühl habe, dass sie genau das tut, wenn ich dich küsse«, raunte Cesare und zog mich enger an sich.

»Die Frage, die wir uns beantworten müssen ist also: Wie wollen wir diese Zeit verbringen?«

»Ich für meinen Teil kenne die Antwort darauf. Wie steht es mit dir, Kenzie?«

Ich riss meinen Blick von Cesare los und widmete mich wieder dem Nachthimmel. Gerade rechtzeitig, um eine Sternschnuppe vorbeifliegen zu sehen. Mit einem zufriedenen Lächeln schloss ich die Augen und sandte meinen Wunsch an das Universum ab.

11

CESARE

I ch hielt Kenzie die dampfende Tasse Kaffee unter die Nase und beobachtete amüsiert, wie sich ihre Augenlider flatternd öffneten und sie wohlig seufzte.

»Morgen Schlafmütze.«

»Morgen«, gähnte sie und setzte sich auf. »Ist der für mich?«

»Das ist er allerdings. Das Frühstück ist ebenfalls fertig.«

»Wie spät ist es?« Kenzie sah sich verwundert um.

»Keine Ahnung. Ist das wichtig?«

In weiser Voraussicht hatte ich alle Uhren aus dem Schlafzimmer entfernt und auch unsere Handys weggeschlossen.

»Ich will nicht den ganzen Tag mit dir verschlafen.«

»Wenn du den Schlaf brauchst, dann nimmst du

ihn dir. Wir wollten hier zusammen Kraft tanken, schon vergessen?«

Kenzie nahm die Tasse entgegen und trank geräuschvoll einen Schluck von dem heißen Gebräu.

»Es ist schön aufzuwachen und zu wissen, dass du da bist.« Sie lächelte und strich mir zärtlich über die Wange.

»Und mindestens genauso schön ist es, neben dir einzuschlafen.« Bei der Erinnerung an Kenzie, die gestern Abend an meine Schulter gelehnt einge- schlafen war, wurde mir warm ums Herz. Ich hatte sie, in die Decke gehüllt, auf meine Arme gehoben und ins Haus, in unser Schlafzimmer getragen. Sie war so müde und erschöpft, dass sie nicht einmal aufwachte, als ich sie aus ihren Kleidern schälte und sie unter die Bettdecke legte. Der Anblick ihres bezaubernden Körpers hatte mich steif und lüstern werden lassen. Um nicht meine Beherrschung zu verlieren und über die schlafende Kenzie herzufallen, war ich noch einmal in den Garten zurückgekehrt, um mich an der frischen Luft abzukühlen.

Auch heute Morgen war ich mit einem schmer- zenden Ständer an ihren Po geschmiegt aufgewacht und hatte mich gezwungenermaßen aus dem Bett gequält, um mich mit der Zubereitung des Frühstücks abzulenken und Kenzie ihren wohlverdienten Schlaf zu gönnen.

Als sie nun die Bettdecke zur Seite schlug, aufstand und mir ihren lediglich mit Unterwäsche bekleideten Körper präsentierte, sog ich scharf die Luft ein und sah zur Seite.

»Kommst du mit unter die Dusche?«, fragte sie schüchtern.

»Nein. Ich ... ich traue mir nicht«, offenbarte ich Kenzie die Wahrheit.

»Du traust dir nicht?«

»Ich will dich so sehr, dass ich Angst habe, die Kontrolle zu verlieren und dir wehzutun, weil ich mich nicht zügeln kann, wenn ich erst mal in dir bin.«

Kenzies glockenhelles Lachen ließ mich aufsehen.

»Das ist nicht lustig, glaub mir«, brummte ich frustriert.

»Bedeutet das, dass wir nie wieder Sex haben können?«

»Wohl kaum«, schnaubte ich. »Das würde ich nicht überleben.«

»Was dann?«

»Du musst essen, damit du bei Kräften bleibst. Und eventuell müsstest du dich vor dem Sex zunächst anderweitig um mich kümmern, damit ich mich ein wenig abreagieren kann.«

»Und was hast du dir da so vorgestellt?« Kenzie kicherte erheitert.

»Das sehen wir dann. Wenn du geduscht hast, frühstücken wir erst mal.« Ich erhob mich und verließ das Zimmer, konnte jedoch nicht dem Drang widerstehen, meine Fingerspitzen über Kenzies runden Po wandern zu lassen und sie mit einem primitiven Knurren ins Badezimmer zu entlassen.

Nach einem ausgiebigen Frühstück auf der Terrasse, breiteten wir unsere Badetücher auf den Liegen am Pool aus. Die Gefahr, in den Dörfern und Städtchen rund um den italienischen Gardasee gesehen zu werden, verbot es uns, unseren heimeligen Kokon zu verlassen. Das tat jedoch weder Kenzie, noch mir leid. Wir genossen die wertvolle Zeit zu zweit und verbrachten die wenigen Tage, die uns zusammen blieben, lieber entspannt in trauter Zweisamkeit, statt inmitten von Touristen und Einheimischen im vorsommerlichen Trubel.

»Cremst du mich ein?« Kenzie reichte mir die Sonnencreme und stellte sich auffordernd vor mich.

»Den Rücken?«

»Den ganzen Körper. Ich bin so tollpatschig, dass ich immer einen Teil vergesse und mich deswegen verbrenne. Wir wollen doch nicht, dass ich meinen Geburtstag morgen mit einem Sonnenbrand im Schatten verbringen und bei jeder Berührung von dir vor Schmerzen aufschreien muss«, neckte sie mich.

»Das wollen wir nicht, nein«, ging ich auf ihr Spiel ein und öffnete die Tube.

Ich begann ihre Schultern und ihren Rücken einzucremen, wobei ich mich ausgiebig ihren verspannten Muskeln widmete.

»Hmmm«, stöhnte Kenzie genussvoll. »Nicht aufhören.«

Ich massierte sie geduldig weiter und erschauderte unter den wohligen Seufzern, die sie von sich gab.

»Verschränk deine Hände hinter dem Kopf«, forderte ich sie auf und stellte zufrieden fest, dass sie meinem Befehl widerstandslos Folge leistete.

Ich öffnete den Knoten ihres Bikini Oberteils, ließ meine Hände über ihre Rippen, hin zu ihren prallen, vollen Brüsten, die so perfekt in meine Hände passten, gleiten und verteilte die Sonnencreme in gemächlichen Kreisen darauf.

»Jaaa«, hauchte sie erregt. »Mehr.« Kenzie schluckte hart und drängte sich mit ihrem Rücken an mich.

»Na, na, na. Du hast mir einen Job aufgetragen und den würde ich jetzt gerne erledigen, Baby. Also sei brav und tu, was ich dir sage.«

Ich musste mir auf die Zunge beißen, um nicht laut zu stöhnen, als sie begann, sich an mir zu reiben.

Mit klopfendem Herzen griff ich erneut zu der Tube und begann, die Rückseite von Kenzies Oberschenkeln, sowie ihre Waden mit der Creme zu bedecken. Dann zog ich ihr Höschen aus, um auch ihren Po eincremen zu können.

»Deine hübsche Kehrseite ist jetzt immun gegen die Sonne. Legst du dich hin, damit ich auch die andere Seite eincremen kann?«

»Okay«, flüsterte Kenzie mit rauer Stimme. »Ich glaube meine Brüste sind noch nicht ausreichend geschützt. Eventuell müsstest du eine zusätzliche Schicht auf ihnen auftragen.«

»Ich schaue mir das gern mal an«, gluckste ich,

beugte mich über sie und widmete mich ihrem Dekolleté.

Kenzie drückte den Rücken durch und reckte mir gierig ihre Brüste entgegen.

Ich ließ sie zappeln und kümmerte mich stattdessen um ihren Bauch.

»Bitte«, bettelte sie.

»Bitte *was*, Baby? Was möchtest du?«

»Ich muss dich spüren, Cesare.«

»Wirklich?«, provozierte ich sie.

»Ja, verdammt.« Ihr frustrierter Fluch törnte mich ungeheuer an und ich spürte, wie mein Schwanz in meiner Badehose zusehends anschwoll.

»Wo musst du mich spüren, Kenzie? Zeig es mir.«

Kenzie winkelte ihre Beine an und spreizte sie, entblößte ihre nasse, heiße Mitte vor mir.

»Hier.« Sie ließ ihre Hand zwischen ihre Beine gleiten und begann, sich schamlos vor mir zu reiben. »Hier brauche ich dich.«

Ich kniete mich vor die Liege und umfasste Kenzies Knöchel, fixierte sie. Dann beugte ich mich vor und pustete sachte gegen ihr erhitztes Fleisch.

»Hier?«

Statt einer Antwort bekam ich ein kehliges, langgezogenes Stöhnen. Kenzies Hände griffen in meine Haare und zogen meinen Kopf auf ihre süße Perle.

Ich tauchte meine Zunge in ihren feuchten Spalt und erntete dafür ein weiteres, unbeholfenes Stöhnen.

Langsam begann ich, Kenzie zu verwöhnen. Ich leckte genüsslich jeden Zentimeter ihrer in Flammen stehenden Scham, saugte an ihrem süßen Kitzler und knabberte an ihren Venuslippen.

Sie ließ ihr Becken an meinem Mund kreisen und keuchte angestrengt meinen Namen.

Gott, wie mich das anmachte.

Ich zog meine Hose etwas hinab, um meinem schmerzenden Schwanz mehr Platz zu geben. Die Gier drohte mich zu übermannen und es fiel mir mit jedem Ton, den Kenzie von sich gab, schwerer, mich zu beherrschen. Ich widerstand dem Drang, es mir selbst zu besorgen, während ich Kenzie leckte und ließ meine Hände von meinem Schwanz zu Kenzies Brüsten wandern. Lüstern knetete ich sie, zwirbelte ihre harten Knospen und stöhnte meine Lust in Kenzies geschwollene Perle.

»Besorge ich es dir so, wie du es brauchst, mein Schatz?«, murmelte ich zwischen ihren Beinen und knurrte lüstern bei dem Anblick von Kenzies zitternden Schenkeln, die kraftlos nach außen fielen. »Magst du es, wenn ich dich mit meiner Zunge streichele? Wenn ich deine süße, kleine Pussy mit meinem Mund verwöhne?«

»Gott, ja ...«, keuchte sie atemlos und drängte sich mir entgegen.

Meine Hände umfassten ihre runden Äpfel fester und markierten schamlos ihren Besitzanspruch. Wie gerne würde ich jetzt an ihren roten Kirschen saugen und mein Gesicht in ihren Brüsten vergraben. Doch wenn ich das tat, würde mein Schwanz unweigerlich in Kenzie gleiten. Ich würde mich auf sie legen und sie um den Verstand ficken, weil ich so scharf auf sie war, dass ich jegliche Kontrolle über mein Handeln verlieren würde.

Und so sehr ich mich auch in ihr versenken wollte – ich musste mich erst beruhigen. Musste Kenzie vorbereiten. Auf meinen Hunger. Auf mein Verlangen. Meine Lust. Meine Sehnsucht.

Behutsam tauchte ich mit meiner Zunge in ihre Mitte und stieß vorsichtig in ihr enges, feuchtes Loch.

»Mehr«, stöhnte Kenzie und bog den Rücken durch. »Gib mir deinen Schwanz, Cesare. Bitte.«

»Shhht. Du wirst ihn bekommen. Schon ganz bald«, versprach ich und ersetzte meine Zunge an Kenzies Mitte mit meinem Zeige- und Mittelfinger, während ich mit meinem Mund sanft über ihre Perle strich.

Kenzie drängte sich an mich und wurde zunehmend gieriger und ungezügelter. Ich liebte es, sie so zu sehen. Und noch mehr liebte ich die Erkenntnis, dass ich sie dazu bringen konnte, diese Ekstase zu empfinden.

»So ist es gut. Reib dich an mir. Nimm es dir«, ermutigte ich sie und ließ von ihren schweren, vollen Brüsten ab. Meine Hände packten ihre Hüften und hielten sie in Position, während meine Zunge in schnellen Bewegungen hingebungsvoll ihre Venuslippen entlangleckte.

Kenzies Stöhnen wandelte sich in verzweifeltes Wimmern und ich konnte spüren, wie sie sich zurückhielt, um nicht zu kommen. Sie wollte es hinauszögern. Genauso wie ich.

Wann hatte ich es jemals so sehr genossen, eine Frau zu verwöhnen?

Mein Schwanz pulsierte mittlerweile so heftig, dass es nahezu unmöglich war, ihn noch länger zu ignorieren. Doch ich konzentrierte mich allein auf Kenzie. Diese Runde gehörte ihr.

»Mhhhm«, raunte ich, als ihre Schenkel meinen Kopf umklammerten und ihn zwischen ihren Beinen einschlossen.

Ich war ihr Gefangener. Ihr Sklave.

Es gab nichts, was ich lieber wäre. Nichts, was mich mehr anmachte.

»Ich liebe es, von dir benutzt zu werden«, stöhnte ich heiser und presste meinen Mund fest auf ihre Klit, um daran zu saugen.

»Ich komme«, rief Kenzie heiser und krallte ihre Hände noch fester in meine Haare.

»Noch nicht«, mahnte ich. »Halt es noch ein wenig zurück.«

Ich löste meine Lippen von ihrer Scham, um sie daran zu hindern, an meinem Mund zu explodieren.

»Wieso ... wieso tust du das?«, fragte sie heftig nach Atem ringend und gab einen gequälten Laut von sich.

»Weil es gleich umso intensiver wird. Vertrau mir«, entgegnete ich und knabberte lockend an der Innenseite ihrer geschmeidigen Oberschenkel.

Erschöpft sank Kenzie zurück auf die Liege und ließ mich widerstandslos gewähren.

»Hier magst du es besonders, nicht wahr?«, neckte ich sie und umkreiste mit meiner Zunge eine empfindliche Stelle ihrer Perle, während ihr Atem unter meiner erotischen Zuwendung immer schneller und flacher wurde.

»Ja«, seufzte sie und atmete geräuschvoll aus.

»Wenn ich dich also genau hier lecke ...« Ich berührte erneut die empfindsame Stelle mit meiner Zunge und stieß mit zwei Fingern in ihre Vagina. »... und mich gleichzeitig in dich schiebe ...«

»... komme ich«, keuchte sie erstickt und schrie auf.

Ich spürte die Vibration in Kenzies Körper und genoss jeden der Blitze, der ihren Körper erfasste und sie unter meiner stetig weiter leckenden Zunge erbeben ließ.

Ich liebte diese Frau für den betörenden Orgasmus, an dem sie mich teilhaben ließ und kostete jede Sekunde davon aus.

Erschöpft ließ Kenzie sich schließlich zurück auf die Liege fallen und streckte kraftlos alle Glieder von sich.

»Himmel«, japste sie vollkommen erledigt. »Das war nötig.«

»War es das?«, schmunzelte ich und strich über ihre Beine, bevor ich mich erhob.

»Aber sowas von.«

Sie richtete sich mit geröteten Wangen auf ihrer Liege auf und funkelte mich schelmisch an. »Zwei zu Null für mich, wenn man L.A. dazuzählt. Es wird Zeit, dass wir deinen Rückstand abarbeiten.«

»Meinen Rückstand?« Ich konnte mir ein breites Grinsen nicht verkneifen. »Genieß deinen Orgasmus.

Wir haben noch das gesamte Wochenende Zeit dafür«, versprach ich und strich ihr sanft über das Gesicht.

»Okay. Ich genieße. Unter einer Bedingung.«

»Die da wäre?« Argwöhnisch zog ich eine Augenbraue in die Höhe.

»Du ziehst deine Badehose aus. Hinabgeschoben ist sie ja schon.« Kenzie deutete mit einem kecken Lächeln auf meinen aufgerichteten Schwanz, der über den Bund meiner Badeshorts ragte.

»Warum sollte ich die Hose ausziehen?«

»Weil wir dieses Wochenende Adam und Eva im Paradies sind. Und die trugen soweit ich weiß keine Kleidung. Außerdem ist es mein Geburtstagswochenende und ich wünsche mir, dass du nackt bist. Wenn ich also bitten darf?« Vielsagend blickte sie auf meine Hose.

»Woher weiß ich, dass das kein Trick ist und du über mich herfällst, sobald ich die Hose ausziehe?«

»Ich schwöre.« Kenzie hob zwei Finger zum Schwur und versteckte die andere Hand hinter ihrem Rücken.

»Überkreuzt du gerade die Finger hinter dem Rücken?«

Mit großen Augen sah sie mich entrüstet an. »Was *ich*? Nein. Das würde ich *nie* tun.«

»Also gut«, lachte ich und ergab mich. »Ich tue es. Auch wenn ich glaube, dass ich das noch bitter bereuen werde.«

12

KENZIE

Ich verfolgte gebannt, wie Cesare seine Badehose abstreifte und sich anschließend splitterfasernackt auf die Liege neben mir legte. Sein steifer Schwanz lag schwer auf seinem Bauch.

Ich bemühte mich, Ruhe zu bewahren und genoss den phänomenalen Anblick, der sich mir bot. Cesare legte seinen rechten Arm unter seinen Kopf und präsentierte mir so unbewusst seinen wohldefinierten Bizeps.

Hatte ich behauptet, dass ich mich von Äußerlichkeiten nicht beeindrucken ließ? Hmm, das war wohl idealistisches Wunschdenken. Denn Cesares heißer Körper törnte mich ungeheuer an.

»Du schaust mich an, wie der böse Wolf das unschuldige Lämmchen, das er töten und verspeisen will«, witzelte er. »Du machst mir Angst.«

Ich verzog mein Gesicht zu einer, wie ich hoffte, furchterregenden Grimasse und stimmte in sein unbeschwertes Lachen mit ein.

»Unschuldig bist du nun wirklich nicht, mein kleines Lämmchen.«

»Das heißt, wenn ich jetzt die Augen schließe und mir ein kleines Nickerchen gönne, wird mir nichts zustoßen?«

»Natürlich nicht.«

Er schob sich die Sonnenbrille auf die Nase und warf mir einen spöttischen Blick zu. Er glaubte mir nicht. Schlaues Kerlchen.

Ich lehnte mich auf meiner Liege zurück und legte mich auf die Lauer, wartete gespannt darauf, meine Beute endlich erlegen zu können.

Es dauerte nicht lange, bis ich Cesares tiefen, gleichmäßigen Atem vernahm. Er war eingeschlafen.

Ich beschloss, ihm ein Weilchen Ruhe zu gönnen und begnügte mich damit, ihn von meiner Liege aus beim Schlafen zu beobachten.

Die Anspannung wich nach und nach aus seinem Gesicht. Die Fältchen glätteten sich. Er wandelte sich von einem ständig unter Strom stehenden Top Manager zu einem ganz normalen, wenngleich unerhört appetitlichen Mann Ende dreißig.

Appetit.

Mein Stichwort.

Mein Blick fiel auf seinen mittlerweile halb erschlafften Schwanz, der nach wie vor auf seinem Bauch ruhte.

Ich erhob mich leise von meiner Liege und kniete mich neben Cesare. Vorsichtig nahm ich seine samtige Latte in meine Hand und begann, meine Faust daran auf und ab gleiten zu lassen. Mit Genugtuung verfolgte ich, wie sein Schwanz unter meinem Griff wuchs und sich neugierig aufrichtete.

Cesare keuchte genussvoll im Schlaf. Anscheinend nahmen seine Träume unter meiner Zuwendung eine erotische Note an. Ich hoffte, dass ich darin die Hauptrolle spielte.

Voller Vorfreude leckte ich mir über die Lippen als sich die ersten Lusttropfen auf seiner glänzenden Spitze formten. Ich beugte mich vor und kostete von ihnen.

Mir entfuhr ein zufriedenes Seufzen.

Herrlich süß.

Meine Lippen schlossen sich um seinen Schaft. Zentimeter für Zentimeter nahm ich ihn in meinem Mund auf, begann an ihm zu saugen, wie an einem nach Vanille schmeckenden Eis am Stiel.

»Kenzie ... was tust du da«, krächzte Cesare verschlafen und heiser vor Lust.

»Ich nasche von dir«, entgegnete ich sehnsüchtig und widmete mich wieder seiner aufgeregt zuckenden Männlichkeit.

»Du musst das nicht tun.«

»Doch«, widersprach ich. »Doch, das muss ich. Ich bin so unfassbar scharf auf dich, Cesare. Ich *muss* dich kosten.«

Ein lautes Stöhnen entrang sich seiner Kehle, als

ich ihn bis zum Anschlag in mich aufnahm und mit meiner Hand behutsam seine Hoden massierte.

»Nimm meinen Kopf. Zeig mir, wie du es brauchst«, spornte ich ihn an.

»Oh Gott, Kenzie. Rede nicht so. Sonst komme ich auf der Stelle«, keuchte Cesare gequält und strich durch meine Haare.

»Zeig es mir«, wiederholte ich und legte meine Hand auf die seine. »Bitte.«

»Warum bist du nur so verdammt perfekt ...«

Cesares Finger schlossen sich um meine Haare. Sanft aber bestimmt dirigierte er meinen Mund an seinem Schwanz. Er gab das Tempo vor. Den Rhythmus. Die Tiefe.

Begleitet von seinen leisen, verruchten Flüchen rasten wir auf seinen Orgasmus zu. Ich presste meine Lippen fester auf seinen Schaft, saugte härter, gab ihm alles.

»Kenzie ... Himmel nochmal«, stöhnte Cesare außer sich vor Sehnsucht und ergoss sich mit einem heißen, cremigen Schwall von Lust und Verlangen in meinen Mund. »... verfluchte Scheiße.«

Ich machte weiter, vernaschte auch den letzten seiner Lusttropfen und kletterte danach zufrieden zu Cesare auf dessen Liege, die eigentlich nur für eine Person angedacht war.

»Komm her.« Er breitete seine Arme aus und ich ließ mich nur zu gern von ihnen auffangen. »Du bist unglaublich, Kenzie. So möchte ich ab jetzt immer geweckt werden«, murmelte er an meinen Haaren und küsste mich zärtlich.

»Darüber lässt sich reden«, flüsterte ich an seiner Brust und kuschelte mich an ihn.

Er ließ seine Finger gemächlich an meinem Rücken hinabgleiten, bis hin zu meinem nackten Po, den er besitzergreifend knetete. Mit seiner anderen Hand umfasste er meine Brust und hielt sie fest umschlossen. Ich hörte seinen Atem an meinem Ohr und schloss die Augen, um mich voll und ganz auf seine Streicheleinheiten zu konzentrieren.

Irgendwann driftete ich davon und ergab mich der mich übermannenden Müdigkeit.

Die Sonne, die mittlerweile hoch am Himmel stand, weckte mich einige Zeit später. Die Strahlen schienen mir ins Gesicht und brachten meinen eng an Cesare geschmiegten Körper zum Schwitzen.

Ich blinzelte und das Erste was ich sah, waren Cesares azurblaue Augen, die mich liebevoll bewachten.

»Hey«, nuschelte ich noch sichtlich verschlafen und tippte mit dem Zeigefinger auf meine Lippen. »Ich brauche einen Kuss.«

Cesare kam meiner Bitte nur zu gern nach und zog mich dann auf sich. »Lust auf eine kleine Abkühlung?«

»Pool?«

»Pool«, bestätigte er.

Ich blickte zu dem Wasser, das in der Sonne glitzerte und dessen Farbe der von Cesares Augen zum Verwechseln ähnlich sah.

»Okay«, willigte ich ein und quietschte vergnügt, als Cesare mit mir auf seinen Armen aufstand. Bevor ich realisierte was er tat, sprang er ohne Vorwarnung mit mir in das kühle Nass.

13
CESARE

Kenzie tauchte prustend auf und strampelte wild mit ihren Füßen, bespritzte mich mit dem erfrischenden Poolwasser.

»Du Schuft«, rief sie und strich sich die nassen Haare aus dem Gesicht.

Ich schwamm zu ihr hinüber, doch sie floh vor mir. Angestachelt von ihrer Flucht setzte ich zur Verfolgung an. Kenzie sah über ihre Schulter und schrie überrascht auf, als ich hinter ihr auftauchte und versuchte, sie zu fassen.

»Gnade«, winselte sie lachend und ergriff erneut die Flucht.

»Keine Gnade für hübsche Meerjungfrauen«, wisperte ich drohend an ihrem Ohr, als ich sie endlich zu fassen bekam und drängte sie in eine Ecke des Pools.

»Was hast du jetzt mit mir vor, Poseidon?«

Sie beäugte mich gespielt verängstigt und schlang ihre Arme um meinen Nacken.

»Jetzt werde ich die Meerjungfrau vögeln«, sagte ich und presste sie an mich. »Küss mich, kleine Meerjungfrau.«

Kenzies Augen weiteten sich bei der Aussicht auf Sex. Sie öffnete willig ihre Lippen und machte es meiner Zunge einfach, in sie zu gleiten und von ihr Besitz zu ergreifen.

Binnen Sekunden eskalierte die Flamme der Leidenschaft zwischen uns zu einem wild tobenden Höllenfeuer. Ich fasste in Kenzies Haar und zog daran, um meine Zunge noch tiefer in sie schieben zu können. Ihre Hände wanderten von meinem Nacken zu meinem Rücken, wo ihre langen Fingernägel eine prickelnde Spur der Ungeduld auf meiner Haut hinterließen, die mich nur noch mehr ansornte.

Mit meiner freien Hand spreizte ich ihre Oberschenkel und schob meinen Schwanz zwischen ihre Beine. Mit kleinen Stößen rieb ich ihn an ihrer Mitte, genoss die Massage ihrer weichen Klit an meinem Schaft.

»Fick mich«, verlangte Kenzie und brachte mich, wie jedes Mal, mit dieser derben Forderung um den Verstand.

Ich liebte es, wenn sie sich von der lieben, kultivierten und zuverlässigen PA in eine hungrige, wilde und hemmungslose Frau verwandelte, die ihr Recht auf Befriedigung einforderte. Von mir.

»Mach schon, Cesare. Fick mich.«

»Bettelst du, meine kleine, sexy Meerjungfrau?«

»Ich tue alles, wenn du mich nur endlich nimmst. Bitte.«

»Brauchst du es so sehr, mein Schatz?«

»Ja«, wimmerte sie verzweifelt. »Ich brauche *dich*. Ich *will* dich.«

»Du sollst mich haben«, flüsterte ich und positionierte meinen Schwanz vor ihrer paradiesischen Pforte.

Sie war so feucht, dass ich mit einem Ruck in sie eindringen konnte.

»Nicht bewegen«, knurrte ich an ihrem Hals und biss in die sensible Kuhle zwischen ihrem Hals und ihrer Schulter. Zitternd atmete ich ein und aus.

Komm runter, Cesare, mahnte ich mich. *Wehe du explodierst wie ein Anfänger beim ersten Stoß.*

Es fühlte sich so verdammt geil an, wieder in Kenzie zu sein, dass alles in mir danach schrie, mich zu entspannen und all die aufgestaute Sehnsucht loszulassen. Doch das würde zwangsläufig in einem Blitzorgasmus resultieren.

»Warum soll ich mich nicht bewegen?«

Sie schlang ihre Beine um meine Hüften und begann, aufreizend ihr Becken kreisen zu lassen.

»Nicht«, bat ich sie erneut und hielt sie fest. »Sonst komme ich in weniger als zehn Sekunden.«

»Das will ich sehen«, raunte sie provokant an meinem Ohr.

Kenzie nahm meine Hände von ihren Hüften und platzierte sie auf ihren nackten Brüsten.

»Ich will nicht, dass du dich zurückhältst. Wenn du kommst, machen wir es eben noch einmal. Und noch einmal. Und noch einmal. So lange, bis dein Schwanz sich wieder beruhigt hat.« Mit diesen Worten umfasste sie meine Pobacken und animierte mich dazu, in sie zu stoßen.

»Shit, Kenzie. Bist du ... bist du dir sicher?«

»Schluss mit der Fragerei. Nimm es dir, Cesare. Nimm mich. Nimm dir alles.«

»Also gut«, keuchte ich. »Du hast es so gewollt.«

Ich ließ den Kopf in den Nacken fallen und begann, hart in Kenzie zu pumpen. »Gott, ja!« Ich stöhnte ungehalten. »Du bist so unfassbar eng, Baby.«

»Das zeigt dir, dass mich in deiner Abwesenheit kein anderer gefickt hat«, hauchte sie und packte lustvoll meine Pobacken, während ich mich in sie trieb, als gäbe es keinen Morgen.

»Nur ich«, presste ich mühsam hervor. »Nur ich darf deine süße Pussy vögeln.«

»Nur du«, bestätigte sie. »Ich liebe dich.«

Ihre Worte legten einen unsichtbaren Schalter in mir um. Ich kam so heftig, dass meine Beine nachgaben und ich mich am Beckenrand festhalten musste, um nicht unterzugehen.

»Fuck«, schrie ich und lehnte meine Stirn gegen die von Kenzie. »Du bringst mich noch um.«

Mein Atem rasselte und mein Puls raste auf Hochtouren.

»Komm mit mir.« Sie zog mich zu den breiten Stufen, die aus dem Pool führten und legte sich in dem flachen Wasser auf den Bauch. »Es macht mich tierisch an zu wissen, dass ich der Grund bin, aus dem du so schnell und heftig kommst«, gestand sie und schenkte mir ein teuflisches Lächeln.

Ein Blick auf meinen Schwanz verriet mir, dass er noch lange nicht genug von Kenzie hatte. Und das, obwohl ich soeben einen der intensivsten Orgasmen überhaupt erlebt hatte. In ihr.

Ich legte mich neben sie in das seichte Wasser, ließ mir die warme Maisonne ins Gesicht scheinen und umfasste meinen gierigen Schwanz. Mit geschlossenen Augen massierte ich ihn und hoffte so, Druck abbauen zu können.

Vergebens.

Er wollte Kenzie. Jetzt.

Ich richtete mich auf und blickte auf Kenzie hinab, die auf dem Bauch lag, das Kinn entspannt auf den Armen abgelegt. Ihr nackter Körper wurde von dem klaren Poolwasser umspielt, das die Sonne angenehm wärmte.

Ich kniete mich hinter sie, schob ihre Oberschenkel mit meinem Knie auseinander und hob ihren Po an, sodass er nass glänzend aus dem Wasser ragte.

Kenzie quiekte verblüfft auf, als ich ihr zwischen die Beine fasste und zufrieden feststellte, dass sie feucht, bereit und heiß für mich war.

Ich schob mich in sie und begann, sie mit kräftigen Stößen zu nehmen. Sie wollte sich aufrichten, doch ich fesselte ihre Arme mit meinen Händen und legte sie ihr auf den Rücken.

»Ich ficke. Du wirst gefickt. Klar?«, herrschte ich sie an.

Sie erschauderte. Auf ihrem Körper breitete sich

eine verräterische Gänsehaut aus. Wusste ich es doch. Meinem Mädchen gefiel es, wenn ich den Ton angab.

In dieser Runde sollte sie voll auf ihre Kosten kommen. Sollte es genießen. Es bis zur letzten Sekunde spüren, wie mein Schwanz sie verwöhnte. Sie verehrte. Sie vergötterte.

Ich stieß härter in sie, was dafür sorgte, dass sie nach vorn rutschte.

»Halt dich am Beckenrand fest«, befahl ich ihr und ließ ihre Handgelenke los.

Kenzie fasste sich zwischen die Beine, in einem Versuch, ihre Klit zu massieren und so schneller zum Orgasmus zu gelangen.

Ich gab ihr einen Klaps auf den runden Po.

»Ich ficke. Du wirst gefickt. Was genau hast du daran nicht verstanden?«

»Nur eine Minute«, keuchte Kenzie erregt.

Ich gab ihr einen weiteren Klaps. Dieses Mal eine Spur härter, sodass sich ihr Po in einem hübschen Rotton färbte.

»Tut mir leid«, ergab sie sich mit einem Wimmern und umfasste mit beiden Händen fest den Beckenrand.

Ich richtete mich auf und trieb meinen Schwanz, der sich schmerzhaft nach ihr sehnte, in sie. Vögelte sie, dass uns beiden Hören und Sehen verging. Das Wasser spritzte nach allen Seiten, kühlte unsere erhitzten Körper, die sich ineinander verloren und jeglichen Anstand auf dem Boden des Pools versenkt hatten.

Ich beugte mich über Kenzie, milderte den Druck meiner Stöße, erhöhte jedoch die Geschwindigkeit.

Meine Finger stahlen sich zwischen ihre Beine, teilten ihre Scham und streichelten ihre geschwollene Perle.

Kenzie warf den Kopf in den Nacken und bot mir so Zugang zu ihrem Hals. Ich knabberte daran und ergötzte mich an ihrem abgehackten Atem. An ihrem genussvollen Stöhnen. An den dreckigen, nicht jugendfreien Wünschen, die sie mir in diesem Moment völliger Schamlosigkeit anvertraute.

»So ist es gut, Baby. Lass mich sehen, wie sehr es dir gefällt.«

Sie drehte den Kopf und bettelte nach meinem Mund. So wie meine Lippen auf die ihren trafen und meine Zunge sich in ihrem Mund versenkte, erbebte sie und ergab sich ihrem aufgestauten Orgasmus.

Ich wartete, bis auch die letzte Welle ihres Höhepunktes über sie hinweggerollt war und richtete mich dann auf, um noch ein letztes Mal hart und unnachgiebig in sie zu stoßen. Mit einem erlösenden Aufschrei pumpte ich meinen Samen in Kenzie und brach auf ihr zusammen.

»Wir sollten öfter monatelang nicht miteinander schlafen«, scherzte sie, als wir beide wieder zu Atem kamen und auf wackeligen Knien zu unseren Liegen zurückgingen, die wir unter eine Reihe blühender Zitronen- und Orangenbäume in den Schatten zogen.

»Du willst mich offenbar umbringen«, brummte ich und half ihr dabei, ihr Badetuch auf der Liege auszubreiten.

»Wohl eher du mich«, kicherte sie und ließ sich glücklich und befriedigt auf ihr Bett im Freien fallen.

Als ich das nächste Mal aufwachte, stand die Sonne bereits tief am Horizont. Ein klares Zeichen, dass der Tag sich langsam zu Gunsten des Abends verabschiedete.

Ein Blick auf Kenzie verriet mir, dass sie noch tief und fest schlummerte.

Ich widerstand dem Drang, ihr die verirrten Haarsträhnen aus dem Gesicht zu streichen und ging ins Haus, um zu duschen und um die letzten Geburtstagsvorbereitungen zu treffen.

Als ich gerade dabei war, uns Drinks zu mischen, klingelte es an der Haustür.

Das musste die Bestellung aus der hiesigen Konditorei sein, kam es mir in den Sinn.

Im Vorbeigehen schnappte ich meine Basecap von der Garderobe und zog sie tief ins Gesicht.

Sicher war sicher.

»Buonasera«, begrüßte mich der sonnengebräunte Mann mit den grauen, zu einem Pferdeschwanz zusammengebundenen Haaren. »Ich bringe die Torte, die Sie bestellt haben.«

Er öffnete die Schachtel und zum Vorschein kam eine zauberhafte, kleine Erdbeertorte, in deren Mitte *Happy Birthday, mein Schatz*, stand.

»Sie ist perfekt«, lobte ich anerkennend und tastete nach meinem Geldbeutel. »Ich habe meine

Geldbörse wohl im Schlafzimmer liegen lassen. Geben Sie mir einen Moment.«

Der alte Mann nickte und musterte mich so eindringlich, dass mir unbehaglich zumute wurde.

Ich eilte ins Schlafzimmer und prallte auf dem Rückweg geradewegs mit Kenzie zusammen, die, in ihr Badetuch gehüllt, ihre Arme um mich schlang und mich für einen süßen Kuss an sich zog.

»Wir haben Besuch«, flüsterte ich an ihrem Ohr und wies mit dem Kinn zur Tür. »Ich bin gleich wieder bei dir.«

Kenzie zuckte erschrocken zusammen und warf einen flüchtigen Blick auf den Mann an der Tür. Dann zog sie das Badetuch enger um sich und verschwand eilig im Schlafzimmer.

»Stimmt so.« Ich reichte dem Mann, der bei Kenzies Auftauchen irritiert die Augenbrauen zusammengezogen hatte, einen Schein und nahm die Schachtel entgegen. »Vielen Dank nochmal für die schöne Torte«, bemühte ich mich um einen höflichen Ton und schloss die Tür.

14

KENZIE

»Wie lautet der Plan?«, fragte ich Cesare, als ich aus der Dusche stieg und mir die Haare trocken rubbelte.

»Hast du meine Anweisung befolgt und ein schickes Kleid eingepackt?« Er sah mich über den Rand seines Cocktailglases hinweg abwartend an.

»Habe ich. Aber ich dachte, wir dürfen uns nicht unter die Leute mischen.«

»Tun wir auch nicht. Wir feiern unsere eigene, kleine Privatparty.«

»Privatparty?« Ich hob vielsagend eine Augenbraue. »Das klingt aufregend.«

Cesare zwinkerte mir zu. »Warum ziehst du dich nicht an und wir finden es zusammen heraus?«

Ich ließ mein Handtuch fallen und präsentierte Cesare meine Kehrseite, während ich ins Schlafzimmer zurückging, mein goldenes Paillettenkleid aus der

Reisetasche fischte und es mir überzog. Ein wenig Wimperntusche, Rouge und Lippenstift sollten genügen, entschied ich. Meine Haare ließ ich an der Luft trocknen. Ich schloss die Schlaufen meiner Heels und drehte mich zufrieden vor dem Spiegel.

Ein gelungener Geburtstagslook. Nicht zu viel. Nicht zu wenig. Genau richtig.

Cesare pfiff anerkennend, als ich aus dem Schlafzimmer trat und reichte mir ein Cocktailglas.

»Lass uns auf die heiße Braut anstoßen, mit der ich heute in ihren Geburtstag feiern darf. Was bin ich doch für ein Glückspilz.«

Schmunzelnd stieß ich mein Glas gegen das von Cesare.

»Du hast einiges aufzuholen. Ich bin dir bereits zwei Drinks voraus«, grinste er und öffnete den Ofen, um nach der Pizza zu sehen, die er vorhin zubereitet hatte.

»Wenn das so ist: Auf uns.« Ich prostete ihm zu und leerte mein Glas in einem Zug.

Cesare nahm die Pizza aus dem Ofen und trug sie an mir vorbei zur Terrasse. Dann ging er wieder zurück ins Haus und griff nach dem Krug Aperol Spritz, den er neben den Wein auf den Tisch stellte.

»Es ist angerichtet.« Er schenkte mir ein strahlendes Lächeln und rückte mir den Stuhl zurecht. »Fehlt nur noch die Musik.«

Er griff nach der Fernbedienung auf dem Tisch und schaltete die Lautsprecher im Wohnzimmer ein, aus denen italienische Hits der achtziger Jahre drangen.

»Pizza, Alkohol, gute Musik und mein ganz persön-

licher Toyboy. Die perfekte Geburtstagsparty. Danke.«
Ich kicherte und warf Cesare einen Luftkuss zu.

»Gern geschehen. Mal sehen, was der Abend noch
so für dich bereithält, wenn die Party an Fahrt
aufnimmt«, erwiderte Cesare mit einem wölfischen
Grinsen.

Während wir die Pizza vertilgten, leerten wir den
Krug mit eisgekühltem Aperol Spritz und unterhielten
uns über unsere italienischen Lieblingsmusiker. Von
dort driftete das Gespräch zu den schönsten Orten, die
wir in Italien jemals besucht hatten und von den
Orten, die wir in der nahen Zukunft unbedingt noch
entdecken wollten.

Wenig überrascht stellten wir fest, dass wir beide
die Toskana und Sardinien liebten und dass auch Sizi-
lien einen besonderen Platz in unseren Herzen
einnahm, wohingegen Kalabrien ganz oben auf der
Liste der noch zu erkundenden Fleckchen Erde stand.

Es überraschte mich, wie herrlich einfach es war,
mit Cesare *nicht* über die *Serie del Rey* zu sprechen. Wir
fanden stets so viele Gesprächsthemen, die nichts mit
unserer Arbeit zu tun hatten, dass es uns leichtfiel, uns
nicht auf gefährliches Terrain zu begeben.

Irgendwann reichte mir Cesare seine Hand und bat
mich um einen Tanz. Die Sonne war längst unterge-
gangen und wie schon am Abend zuvor, fanden wir
uns unter dem schwarzen Nachthimmel mit seinen
Millionen, wenn nicht gar Milliarden von silberfun-
kelnden Sternen wieder. Zu »Fall on me« von *Andrea
und Matteo Bocelli* tanzten wir in meinen Geburtstag
hinein.

»Buon compleanno, amore mio«, flüsterte Cesare und drehte mich schwungvoll im Kreis, um mich dann an seine Brust zu ziehen und mir einen Geburtstagskuss zu geben, unter dessen Intensität meine Knie zu zittern begannen.

»Danke.« Ich löste mich überglücklich von ihm.

»Willst du dein Geschenk auspacken?«

»Unbedingt«, lächelte ich.

Auch wenn Cesare selbst das schönste aller Geschenke für mich darstellte, wusste ich insgeheim, dass er es sich nicht hatte nehmen lassen, mich zu beschenken.

Er nahm eine kleine Schachtel aus seiner Hosentasche, die mit einer überdimensional großen Schleife versehen war.

»Noch ein Herzanhänger?«, riet ich und schüttelte das Kästchen neugierig.

Cesare zuckte unschuldig mit den Achseln und animierte mich dazu, mein Geschenk auszupacken. Ich entfernte die Schleife und öffnete den Deckel des anmutigen Schmuckkästchens.

Zum Vorschein kam eine elegante, zweireihige Fußkette aus Gold. Die erste Reihe zierten im Abstand weniger Zentimeter filigrane, mit Glitzersteinen besetzte Monde und Sonnen. Ich wagte nicht daran zu denken, dass es sich bei den Glitzersteinen wohl kaum um Modekristalle handelte. Denn ihr Funkeln erinnerte mich verdächtig an lupenreine Diamanten. Die zweite Reihe schmückten gezackte, goldene Sterne.

»Wunderschön«, hauchte ich.

»Sie soll dich daran erinnern, dass ich immer bei

dir bin. Dass ich immer für dich da bin. Egal, ob Tag oder Nacht. Und sie soll dich an mich binden. Auch wenn ich momentan noch keinen offiziellen Besitzanspruch auf dich erheben darf, ist das hier meine Art, dich an mich zu binden.«

»Höhlenmensch.« Ich räusperte mich, um meine Rührung über dieses so liebevoll durchdachte Geschenk zu überspielen.

»Bei dir werde ich zu einem hoffnungslos verliebten Neandertaler. Das stimmt«, gab er zähneknirschend zu. »Lass uns anstoßen. Danach würde ich dir liebend gern dieses Fußkettchen anlegen und dir alles andere ausziehen.« Er wackelte vielversprechend mit den Augenbrauen und brachte mich damit, wie schon so oft an diesem Wochenende, zum Lachen.

Wie gut es sich anfühlte, einfach nur glücklich zu sein. Zu lachen. Zu leben. Zu lieben.

Cesare hielt mir mein Weinglas entgegen.

»Wenn ich so weiter trinke, muss ich mich womöglich noch übergeben. Das wiederum würde bedeuten, dass wir bis zu meiner nächsten Periode keinen Sex mehr haben dürfen, es sei denn, du hast Kondome dabei.«

»Warum dürfen wir dann keinen Sex mehr haben, mein Schatz?«

Cesare trat einen Schritt auf mich zu und legte fragend den Kopf schief.

»Na weil dadurch die Wirkung der Pille geschwächt wird. Ich könnte schwanger werden.«

Cesare vergrub sein Gesicht in meinem Ausschnitt und schob mir die Träger des Kleides von den Schultern. »Das klingt wundervoll. Trink weiter, Kenzie«, murmelte er.

»Du hast schon verstanden, was ich dir gerade gesagt habe, oder?«, vergewisserte ich mich.

»Ja, habe ich. Auch wenn es abstoßend klingen mag: Ich wünsche mir, dass du dich in meiner Gegenwart übergibst.«

»Soll das heißen ...« Ich brach ab, weil meine Stimme versagte.

Cesare öffnete den Reißverschluss meines Kleides, sodass es zu Boden fiel. Er beugte sich hinab, um mir das Fußkettchen anzulegen und drängte mich gegen die kühle Hauswand.

»Das soll heißen, dass ich ganz viele Babys mit dir machen will, Kenzie. Ich kann es kaum erwarten, dich zu schwängern. Und dieses Mal werde ich keinen Millimeter von deiner Seite weichen. Ich werde auf dich aufpassen. Dich in Watte packen. Versuch also erst gar nicht, mich auf Abstand zu halten oder mich zu vertreiben. Denn es wird dir nicht gelingen. Das verspreche ich dir.«

Mit diesem Versprechen öffnete er den Reißverschluss seiner Jeans und befreite seinen erigierten Ständer, den er aufreizend durch seine zur Faust geballten Hand gleiten ließ.

»Was schaust du so?«, lächelte er und hob mit seiner freien Hand mein Kinn an, um meinen Blick von seinem Schwanz auf seine Augen zu richten. »Gefällt er dir?«

Ich grinste. »Sehr witzig. Als ob du das nicht wüsstest.«

»Also hättest du ihn gern?«

»Würdest du ihn mir denn geben, jetzt, wo ich schon mein Geburtstagsgeschenk ausgepackt habe?«, neckte ich ihn.

»Mhm.« Er zwinkerte mir zu und schloss genussvoll die Augen. »Ich weiß nicht ... es fühlt sich gerade ziemlich gut an.«

Mein Blick wanderte zurück zu seiner Faust, die kraftvoll an seinem Ständer auf- und abrieb.

Cesare bot mir eine Show. Er tat das hier für mich. Eine verboten heiße Art des Vorspiels, die mich tierisch anmachte.

»Vielleicht würde es sich noch besser für dich anfühlen, wenn du ihn in mich einführst.«

»Meinst du?«, stieß Cesare zwischen zusammengebissenen Zähnen hervor.

»Naja ... ich werde gerade ziemlich feucht und heiß. Ich glaube, dass dein Schwanz sich in mir wohlfühlen würde.«

»Ist das so, ja?«

»Probieren wir es aus.«

Ich stieß mich von der Wand ab und schloss die Lücke zwischen uns. Meine Hände umfassten sein Gesicht und meine Lippen fanden die seinen.

Gierig küssten wir einander, während Cesare sich weiter befriedigte und unter unserem Kuss immer heftiger zu pumpen begann.

Ich ließ eine Hand an seinem Körper hinabwandern und schloss sie um seine Faust, die unablässig seinen Ständer massierte.

»Lass mich das übernehmen«, flüsterte ich an seinem Ohr und schob seine Hand beiseite.

»Aber ... was mache ich dann?«, fragte Cesare lächelnd und streifte mit seinen Lippen meinen Hals.

Provokant öffnete ich meine Beine und führte mit meiner freien Hand Cesares Finger zwischen meine Beine.

»Du könntest dich um mich kümmern, während ich mich um *dich* kümmere.«

Er lachte leise und löste damit eine prickelnde Gänsehaut auf meinem Körper aus.

»So wie damals im Aufzug? Ist das hier etwa ein Déjà-vu, mein Schatz?«

»Nicht ganz«, widersprach ich und zog ihn mit mir an die Hauswand, bis ich mit dem Rücken dagegen lehnte.

»Nicht ganz? Was ist der Unterschied?«, raunte Cesare und schob seine Finger zwischen meine Venuslippen.

»Das hier.«

Ich packte seine Härte und dirigierte sie zielstrebig zwischen meine Beine.

Meinen Blick fest auf Cesare gerichtet, schob ich seinen Schwanz in mich hinein und genoss, wie er dabei um Beherrschung rang und seine Augen sich merklich verdunkelten.

Er packte meinen linken Oberschenkel, zog ihn zu sich heran und ließ sein Becken gegen meines sinken. Ich spürte, wie er mich dehnte, während er sich bis zum Anschlag in mich schob und mich auf so unendlich befriedigende Weise ausfüllte.

Cesares Hand strich von meiner Kniekehle zu meinem Unterschenkel, hin zu meinem Knöchel, wo seine Finger mein Fußkettchen berührten.

»Mein.«

»Dein«, keuchte ich und genoss es, von ihm in Besitz genommen zu werden.

Cesare umfasste in einer fließenden Bewegung mein zweites Bein und bevor ich mich versah, wurde ich zwischen seiner Hüfte und der Wand gefangen genommen.

Ich überkreuzte meine Beine auf seinem Rücken und genoss die intime Nähe, die diese Stellung ermöglichte.

Cesares Gesicht wanderte zu meinen Brüsten und mein Kopf fiel kraftlos in den Nacken, als er begann, an meinen Knospen zu saugen, während er gleichzeitig mit seinem Schwanz mit quälend langsamen, wunderbar harten Stößen in mich drang.

»Kenzie ...« Der kehlige, erregte Klang seiner Stimme sandte Schauer über meinen Rücken und ließ mich leise aufstöhnen.

»Ich liebe dich so«, flüsterte ich und krallte meine Finger in seine Schultern.

»Sag das nochmal«, verlangte Cesare heiser, während er kraftvoll in mich stieß.

»Ich liebe dich«, wiederholte ich, atemlos von der Ekstase, in die er mich versetzte.

»Lauter, Kenzie.«

»Ich ...«, begann ich, brach dann jedoch ab, weil Cesares Schwanz meinen G-Punkt streifte und mich keuchen ließ.

»Kenzie!«

»Ich liebe dich«, wiederholte ich nun lauter und schluchzte, weil ich kurz davor stand, zu kommen.

»Sag es nochmal. Ich will es hören, mein Schatz. Sag es mir.«

Ich schloss die Augen und ließ los. Ließ zu, dass mich meine Gefühle überrannten und nicht nur meinen Körper, sondern auch meine Seele mit sich davon trugen.

»Ich liebe dich«, hauchte ich. »Ich liebe dich so sehr, Cesare.«

So wie die letzten Worte meine Lippen verließen, spürte ich, wie Cesare sich verkrampfte und sein heißer Samen in mich schoss, während er mich weiterhin so hart nahm, dass sein Orgasmus auf mich überschwappte und er mich mit sich riss.

15
CESARE

Es wurde eine kurze Nacht. Dementsprechend spät wachte ich am nächsten Morgen auf und entdeckte mit Genugtuung, dass Kenzie noch immer schlief.

Diese Frau liebte jegliche Art von Schlaf ... und Beischlaf. Sehr zu meiner Freude.

Ich schlich mich aus dem Schlafzimmer und ging in die Küche, um dem Geburtstagskind Frühstück zuzubereiten.

Bewaffnet mit einem voll beladenen Tablett, bestehend aus Kaffee, Saft, Obst, Eier, Brot, Marmelade, Käse und der Erdbeergeburtstagstorte, ging ich zurück ins Schlafzimmer, wo Kenzie mittlerweile aufgewacht war und sich genüsslich reckte und streckte.

»Guten Morgen«, begrüßte ich sie. »Wie fühlst du dich?«

»Fantastisch«, lächelte sie. »Ist das alles für mich?«

»Allerdings. Schließlich musst du Kräfte sammeln, damit ich sie dir anschließend wieder rauben kann.«

Kenzie hob amüsiert einen Mundwinkel. »Hast du noch immer nicht genug?«

»Von dir? Nie.« Ich hauchte ihr einen Kuss auf die Nasenspitze und stellte das Tablett auf dem Nachttisch ab.

»Das ist die schönste Miniaturtorte, die ich jemals gesehen habe.« Kenzie drehte die Erdbeertorte auf ihrem Teller und inspizierte sie bewundernd. »Eigentlich viel zu schade zum Essen.«

»Ich habe mir sagen lassen, dass sie extrem lecker ist«, warf ich ein.

»Wenn das so ist ...«

Kenzie griff zu dem Messer, das neben der Torte lag und schnitt ein großzügiges Stück davon ab. Dann tauchte sie einen Finger in dessen verführerische Sahnecreme und kostete prüfend davon. Mit einem zufriedenen Seufzer führte sie die mit Erdbeeren und Sahne beladene Gabel zu ihrem Mund.

»Hmmm, himmlisch«, schwärmte sie und verdrehte angetan die Augen. Sie schaufelte eine weitere Portion auf ihre Gabel und führte sie einladend zu meinem Mund. »Probier mal.«

Ich öffnete bereitwillig meinen Mund, doch Kenzie kicherte bloß frech und schnappte mir den Leckerbissen vor der Nase weg.

»Zu gut zum Teilen, tut mir leid.«

»Du Frechdachs!«, gluckste ich und sah ihr mit

großer Freude dabei zu, mit welch gesundem Appetit sie die kleine Torte im Handumdrehen vernichtete.

Tatsächlich blieb am Ende nur ein einziges Stück für mich übrig. Doch das reichte völlig aus, um mich von der überragenden Qualität dieses süßen Geburtstagskuchens zu überzeugen.

Wir verbrachten den Rest des Tages überwiegend im Bett und tauschten ausgiebige Streicheleinheiten aus, wohlwissend, dass die wertvolle Zeit in unserer paradiesischen Blase heute ein Ende fand.

Ich musste morgen in aller Früh im Büro sein und auch Kenzies Terminkalender füllte sich vor dem England Grand Prix kommenden Sonntag mit rasanter Geschwindigkeit.

Zwar würden wir uns bereits in wenigen Tagen an der Rennstrecke in Silverstone wiedersehen, doch dort waren wir Konkurrenten. Dort arbeiteten wir in einem erbitterten Kampf um den Sieg gegeneinander. Eine Tatsache, die mir mit jedem Tag weniger gefiel.

»Zeit für das Gespräch, das du nicht führen willst«, erriet Kenzie meine Gedanken und setzte sich im Bett auf. »Heute ist mein Geburtstag. Also ist es nur fair, wenn ich mir etwas wünschen darf, oder?«

»Das ist es, ja. Aber ich werde mich hüten zu sagen: Alles, was du willst.«

»Warum?«

»Weil ich das Gefühl habe, dass du gerade dabei bist, mich auszutricksen.«

»So denkst du von mir?«

»Du hast ja keine Ahnung, was ich so alles von dir denke«, schnaubte ich belustigt.

»Also gut. Ich wünsche mir, dass du einlenkst und mir zugestehst, Toni von uns zu erzählen.«

»Nein, Kenzie. Das Thema hatten wir schon.« Ich seufzte frustriert und sah zur Zimmerdecke.

»Sag mir eins, Cesare.« Kenzie ließ sich rittlings auf mir nieder und setzte eine entschlossene Miene auf. »Hast du das gestern ernst gemeint, als du sagtest, dass du Kinder mit mir willst?«

»Todernst.«

»Okay. Das macht sich gut. Weil ich nämlich ebenfalls Kinder will. Mit dir.«

»Na wenigstens in dieser Sache sind wir uns einig«, witzelte ich, doch Kenzies mahnender Blick brachte mich zum Schweigen.

»Du wusstest, dass ich heute Geburtstag habe. Dann weißt du auch, dass ich keine süße Zwanzig mehr bin. Im Gegenteil. Seit ein paar Jahren habe ich die Zahl *Drei* an erster Stelle stehen.«

»Das sieht man dir nicht im Geringsten an, mein Schatz.«

»Cesare ...«

»Okay, okay. Ich bin ja schon still. Red weiter.«

»Wenn wir in Zukunft Kinder wollen – *Plural*, dann können wir das nicht mehr allzu lange aufschieben. Deshalb schlage ich vor, dass ich die aktuelle Saison noch an Tonis Seite beende. Vorausgesetzt er lässt mich, nachdem ich ihm gestehe, wer der Vater meiner Kinder sein wird. Und dass wir uns, vorausgesetzt das geht dir nicht zu schnell, ab dem kommenden Jahr unserem Baby-Projekt widmen.«

»Ich würde auch hier und jetzt ein Baby mit dir machen, Kenzie. Aber musst du dafür unbedingt den Job aufgeben, den du liebst?«

»Ich will nie wieder ein Kind verlieren, Cesare. Deswegen werde ich mich ab dem Zeitpunkt, an dem ich meine Schwangerschaft plane, schonen. Kein Stress. Keine Aufregung. Kein Streit. Zwischen dir und Toni zu stehen, wäre das genaue Gegenteil davon.«

»Würdest du deinen Job denn nicht vermissen?«

»Ich werde *Titan Racing* und die Menschen dort vermissen. Aber sie sind ja nicht aus der Welt. Ich kann sie besuchen, wann ich will. Und seien wir ehrlich: Im Gegensatz zu Dakota oder Allegra hatte ich nie große Karriere-Ambitionen. Ich wollte stets unabhängig sein. Genug Geld verdienen, um ein selbstbestimmtes Leben zu führen. Und das habe ich geschafft. Dank Toni habe ich mein Geld über die Jahre gut angelegt, sodass sich mittlerweile ein solides Polster daraus entwickelt hat, mit dem ich mich ein paar Jahre lang über Wasser halten kann. Auch ohne Job.«

»Du weißt, dass ich genug verdiene, um mühelos eine dreißigköpfige Familie zu ernähren, mein Schatz. Um Geld musst du dir keine Sorgen machen. Nie.«

»Ja, ich weiß. Aber ich will nicht auf deine Kosten leben, Cesare. Mir ist es wichtig, auf eigenen Füßen zu stehen.«

»Okay, das respektiere ich. Was diesen Punkt

angeht, finden wir bestimmt einen Kompromiss, bei dem ich sicherstellen kann, dass es dir an nichts fehlt und du trotzdem unabhängig sein kannst.«

»Also bist du einverstanden mit meinem Vorschlag?«

»Ich weiß nicht, Kenzie. Ich möchte nicht von dir verlangen, dass du das aufgibst, woran dein Herz seit so vielen Jahren hängt.«

»*Titan Racing* wird immer einen besonderen Platz in meinem Herzen haben. Aber je intensiver ich darüber nachdenke, desto mehr merke ich, dass ich in meinem Job eigentlich alles erreicht habe, was es zu erreichen gibt. Ich mache den Job allem voran, weil ich die Menschen, mit denen ich arbeite und das Team, für das ich arbeite, sehr liebe. Doch ich liebe auch dich, Cesare. Mehr als alles andere. Insgeheim glaube ich, dass es an der Zeit ist, ein neues Kapitel in meinem Leben aufzuschlagen.«

»Was ist mit mir? Ich könnte genauso ein neues Kapitel aufschlagen.«

»Kannst du nicht. Dein aktuelles Kapitel ist noch lange nicht zu Ende, Cesare. Das *Racing Rosso* Kapitel hat für dich gerade erst begonnen.«

Ich grummelte verstimmt, weil ich wusste, dass Kenzie recht hatte. Und sie wusste es ebenfalls. Zu wissen, dass jemand recht hatte oder einer Person zuzugestehen, dass sie recht hatte, waren jedoch zwei Paar Schuhe. Vor allem, wenn es um fundamentale, lebensverändernde Entscheidungen ging.

»Bist du dir damit *wirklich* sicher? Bist du dir aller erdenklichen Konsequenzen bewusst? Wenn du diesen

Schritt wagst, gibt es kein Zurück mehr, Kenzie. Gut möglich, dass Toni dir die Tür vor der Nase zuschlägt und du letzten Endes weitaus weniger Freunde haben wirst, als jetzt, wenn sie erstmal die Wahrheit über uns erfahren.«

»Auf die Freunde, die sich aus diesem Grund von mir abwenden, kann ich verzichten. Und was Toni betrifft – das Schlimmste, was er tun könnte, wäre mich mit sofortiger Wirkung zu entlassen und den Kontakt zu mir abzubrechen. Das würde mir zwar extrem wehtun und ich wäre mit Sicherheit eine Weile ziemlich traurig, aber damit kann ich leben. Das kann ich *überleben*. Von dir getrennt zu sein, nicht.«

Ich atmete hörbar aus. »Ich kann auch nicht ohne dich leben, Baby.«

»Dann stimm meinem Vorschlag doch endlich zu.« Kenzie sah mich flehend an. »Bitte, Cesare.«

»Okay«, lenkte ich ein, auch wenn mir bei diesem Gedanken das Herz bis zum Hals schlug. »Unter einer Bedingung: Wir sagen es Toni gemeinsam. Ich möchte nicht, dass du dich allein in die Höhle des Löwen begibst.«

»Einverstanden«, nickte Kenzie und beugte sich zu einem zärtlichen Kuss zu mir vor, um damit unsere Übereinkunft zu besiegeln.

16

KENZIE

Das Wochenende in Silverstone stand unter keinem guten Stern für *Titan Racing*. Ein Hydraulikproblem an Toms Boliden und ein Motorschaden an Dantes Wagen zwangen die Fahrer dazu, die zweite Trainingssession am Freitag nahezu komplett in der Box zu verbringen.

Währenddessen cruiste *Racing Rosso* entspannt über die Strecke und erzielte eine Bestzeit nach der anderen.

Toni schloss sich mit einigen führenden Ingenieuren in seinem Büro ein und wies mich an, alle Termine an der Strecke abzusagen. Stattdessen telefonierte er mit der Crew in der Fabrik und diskutierte über die offensichtlich mangelnde Zuverlässigkeit der Boliden an diesem Wochenende.

Anscheinend funktionierte das brandneue Motorenupgrade nicht wie erwartet. Die errechnete zusätzliche Leistung durch das Upgrade blieb aus. Schlimmer noch, das Upgrade beeinträchtigte offenbar die Zuverlässigkeit der *Titan Racing* Boliden.

Dennoch konnte man von Glück im Unglück sprechen. Dadurch, dass die Ausfälle während der Trainingssessions am Freitag stattgefunden hatten, durfte *Titan Racing* diese nämlich straffrei beheben. Ähnliche Zwischenfälle am Samstag oder gar am Sonntag würden im Gegensatz dazu weitreichende Folgen nach sich ziehen.

Ich schrieb Cesare eine Nachricht und teilte ihm mit, dass unser Gespräch mit Toni bis morgen nach der Qualifikation warten müsse, vorausgesetzt *Titan Racing* schnitt in der Qualifikation gut ab. Denn ich wollte Toni auf keinen Fall von Cesare erzählen, wenn sich seine Laune, so wie jetzt, auf dem Tiefstand befand.

Ich ging in das Büro, das ich mir mit der Marketing- und Kommunikationsabteilung teilte und entdeckte Allegra, Riley und Dakota, die um Rileys Schreibtisch versammelt Kaffee tranken.

»Hey.« Ich rang mir ein Lächeln ab und setzte mich zu ihnen.

»Sieht so aus, als müsstest du dein Geständnis vertagen. Es sei denn, du bist lebensmüde.« Allegra schnitt sich mit ihrer Hand symbolisch den Hals durch und brachte damit Riley und Dakota zum Lachen.

»Haha sehr witzig. Ich habe auch ohne eure Sticheleien schon genug Angst vor diesem Gespräch.«

»Du tust das Richtige.« Dakota legte ihre Hand auf mein Knie und sah mich ermutigend an.

Seit sie von ihrem Segeltörn entlang der liguri-
schen Küste zurückgekehrt war, ging sie auf rosaroten
Wattewölkchen. Sie und Grayson Parker schienen
endlich zueinander gefunden zu haben. Und das freute
mich riesig für sie. Denn die Arme hatte wahrhaftig ein
paar harte Monate hinter sich.

»Ich weiß«, seufzte ich. »Aber ich möchte Toni
nicht enttäuschen. Doch genau das werde ich zwangsläufig tun müssen. Gott, er wird furchtbar enttäuscht
von mir sein.«

»Jetzt mach dich nicht verrückt, Süße.« Allegra
kam zu mir herüber und massierte meine ange-
spannten Schultern. »Es bringt nichts, dir das
Gespräch mit Toni in allen Farben in deinem Kopf
auszumalen. Wie hat John Lennon einst gesagt: *Life is
what happens while you are busy making other plans.* Mit
anderen Worten: Es kommt sowieso alles anders, als
man denkt. Also zerbrich dir nicht den Kopf über
Dinge, die du weder kontrollieren, noch ändern
kannst.«

»Genau«, schaltete sich nun auch Riley ein. »Kon-
zentriere dich auf den Grund, aus dem du das Ganze
überhaupt tust: Cesare. Egal wie Toni reagiert: Nach
dem Gespräch musst du dich nicht mehr länger
schuldig fühlen, mit Cesare zusammen zu sein. Egal
was Toni zu dir sagt: Zuhause wartet Cesare auf dich.
Der Mann, den du liebst und der Mann, der dich liebt.
Der Mann, der bereit war, seinen Job für dich aufzugeben. Der Mann, mit dem du den Rest deines Lebens
verbringen willst.«

»Ihr habt ja recht«, lenkte ich ein. »Aber ihr

versteht nicht, wie wichtig mir Toni ist. Wir haben jahrelang Seite an Seite gearbeitet. Ich kenne ihn besser, als jeder andere im Team. Er ist für mich eine Mischung aus Patenonkel und langjährigem Freund. Ich habe eine höllische Angst, ihn zu verlieren.«

Dakota verzog bedauernd das Gesicht. »Im schlimmsten Fall könnte genau das passieren, Süße. Da darfst du dir nichts vormachen. Die Frage, die du dir stellen musst, lautet: Bist du bereit, Toni ziehen zu lassen?«

»Wenn ich mich zwischen Toni und Cesare entscheiden muss, dann wähle ich Cesare, ja. Aber es ist keine einfache Entscheidung. Ich liebe beide. Nur eben auf völlig andere Art und Weise.«

»Ich feiere dich für deinen Mut und deine Entschlossenheit, Kenzie.« Riley lächelte mir anerkennend zu. »Und ich bin davon überzeugt, dass am Ende alles gut werden wird. Vielleicht nicht sofort, doch letzten Endes schon.«

Allegra nickte zustimmend. »Das hat sogar schon Oscar Wilde gewusst: *Am Ende wird alles gut. Und wenn es nicht gut wird, ist es noch nicht das Ende.*«

»Ihr habt leicht reden ...«

»Wieso?«, schaltete sich Dakota ein. »Wir sind das beste Beispiel dafür, dass es sich lohnt, für die *Große Liebe* zu kämpfen. Für niemanden von uns war es in den letzten Monaten leicht. Aber wir haben entschieden für das zu kämpfen, was uns wichtig ist und wenn ich mir uns so anschaue, dann war es das allemal wert.«

»Aber so was von!« Riley klatschte mit Allegra und

Dakota ab. »Also stellen wir jetzt sicher, dass auch du dein Happy End bekommst. Und danach können wir endlich mit den Heirats- und Kinderplanungen loslegen. Schließlich muss alles gut durchdacht und koordiniert werden.«

Rileys Enthusiasmus brachte mich zum Schmunzeln. Ihr Freund, Dante Di Santo, machte kein Geheimnis daraus, dass er Riley am liebsten sofort heiraten und schwängern würde. Und auch bei Allegra und Dakota hörte ich die Hochzeitsglocken schon läuten.

Ich konnte es kaum erwarten, die Hochzeiten meiner besten Freundinnen zu feiern. Und vielleicht würde ich eines Tages auch meine eigene Hochzeit mit ihnen feiern dürfen. An diese Aussicht klammerte ich mich, als die Tür zu Tonis Büro aufgerissen wurde und er mich schlechtgelaunt zu sich rief.

»Habt ihr eine Lösung gefunden?«, fragte ich ihn, als ich seine Bürotür hinter mir schloss.

»Werden wir sehen.« Er drehte missmutig einen Kugelschreiber zwischen seinen Fingern. »Die Mechaniker und Ingenieure haben eine lange Nacht vor sich. Kannst du Skye Bescheid geben, dass das Cateringteam genug Mitternacht-Snacks vorbereitet, bevor sie nachher geht?«

»Klar, mach ich. Kann ich sonst noch etwas für dich tun? Soll ich die abgesagten Termine für die kommenden Tage neu einplanen?«

Toni brummte verstimmt. »Kommt darauf an, wie es morgen läuft. Wenn uns *Racing Rosso* im dritten

Trainingslauf abhängt, will ich bis zur Qualifikation nicht gestört werden.«

»Okay. Verstanden.«

»Wie war eigentlich dein Geburtstag? Ich habe dich angerufen, konnte dich aber nicht erreichen.«

Bei dem abrupten Themenwechsel zuckte ich ertappt zusammen und blickte nervös auf meine Hände.

»Ich hatte einen schönen Geburtstag, danke.«

»Wo hast du gefeiert?«

»Am Gardasee.«

»Allein?«

»Nein. In ... in guter Gesellschaft. Ich werde dann mal Skye Bescheid geben. Melde dich, falls ich dir behilflich sein kann. Ich bleibe bis du gehst, egal wie spät.«

Eilig verabschiedete ich mich aus der Höhle des Löwen und atmete vor der Tür tief durch.

Ich wollte Toni nicht anlügen. Aber gleichzeitig grenzte es an Lebensmüdigkeit, die Bombe bei seiner heutigen Laune platzen zu lassen. Außerdem hatte mir Cesare das Versprechen abgenommen, gemeinsam mit ihm diesen Kreuzweg zu beschreiten. Und dieses Versprechen würde ich nicht brechen.

Also hieß es wohl oder übel Abwarten und Teetrinken.

Vorerst.

Denn spätestens am Sonntag nach dem Rennen, egal ob Sieg oder Niederlage, würde ich meine Kreuzigung antreten.

17
KENZIE

Ich saß nach einem durchwachsenen Qualifikationstag mit den Mädels in der Team Hospitality und aß zu Abend, als Toni das Motorhome betrat und zielstrebig auf unseren Tisch zuhielt.

»Kenzie, auf ein Wort«, knurrte er aufgebracht. »Sofort!«

Sein wütender Tonfall ließ die Köpfe aller anwesenden Teammitglieder und Gäste herumfahren. Mit einer Mischung aus Neugier und Argwohn beäugten sie uns.

»Ich komme ja schon«, zischte ich und erhob mich peinlich berührt.

Toni ließ mich stehen und marschierte geradewegs in sein Büro, wo er mir die Tür vor der Nase zuknallte.

O-kay?

Ich hatte Toni schon oft wütend und aufgebracht erlebt, doch bisher hatte sich diese Wut immer gegen andere Menschen und nicht gegen mich gerichtet. Ein dermaßen aggressives Verhalten mir gegenüber war in all den Jahren noch nicht vorgekommen.

Natürlich ging er mich bisweilen in einem rauen Ton an, aber der vernichtende Blick, mit dem er mich soeben bedacht hatte und die Tür, die er mir vor der Nase zuschlug, ließen mir das Herz in die Kniekehlen rutschen.

Ich klopfte zaghaft an seine Tür und trat ein.

Er saß von mir abgewandt und fixierte starr einen undefinierbaren Punkt an der Wand.

»Ist alles in Ordnung, Boss?«

»Ob alles in Ordnung ist?« Toni schüttelte ungläubig den Kopf und wandte sich mir zu. »Ob alles in Ordnung ist, fragt sie mich«, wiederholte er und lachte sarkastisch.

Meine Hände begannen in dunkler Vorahnung zu zittern. Ich verbarg sie eilig hinter meinem Rücken, um keine Schwäche zu zeigen.

»Was ist los, Toni? Rede mit mir.«

»*Ich* soll mit *dir* reden? So wie *du* mit *mir* geredet hast?«

»Was meinst du?«

Selbstverständlich wusste ich ganz genau, worauf er anspielte, aber ich wollte meine Deckung nicht aufgeben, bevor ich nicht definitiv ausschließen konnte, dass ich mich womöglich irrte.

Woher sollte Toni von Cesare und mir erfahren haben? Außer meinen Freundinnen wusste nur Cesare von uns. Für jede von ihnen und auch für Cesare würde ich meine Hand ohne zu zögern ins Feuer legen.

Hatte Toni möglicherweise eine Unterhaltung zwischen meinen Freundinnen aufgeschnappt? Aber dann hätten sie wohl kaum seelenruhig mit mir am Tisch gesessen und zu Abend gegessen.

Hatte Cesare Toni die Wahrheit gesagt?

Ausgeschlossen.

Cesare und ich hatten eine Abmachung.

»Du hast deinen Geburtstag also am Gardasee verbracht, hm?«

»Ja. Was tut das zur Sache?«

»Mit wem sagtest du, warst du dort?«

Oh shit.

Ich räusperte mich und hob den Blick. »In guter Gesellschaft.«

»Aha. Und diese *gute Gesellschaft* heißt nicht zufällig Cesare Cerutti?« Toni schleuderte mir die Worte so laut entgegen, dass man sie bis nach nebenan, zu *Racing Rosso*, hören musste.

Ich überkreuzte die Arme vor der Brust und schwieg. Röte kroch mir den Hals hinauf bis in mein Gesicht. Mein Puls raste. In meinen Ohren klingelte es. Meine Handflächen wurden feucht.

Kurzum: Mein Körper spielte vollkommen verrückt.

»Ja oder ja, Kenzie?«

»Du kennst die Antwort doch längst«, flüsterte ich und kämpfte die Tränen zurück, die sich bei Tonis harter Stimme in meine Augen schlichen.

»Ich will es von dir hören. Ich will aus deinem Mund hören, dass du mich betrogen, hintergangen und verarscht hast. Ausgerechnet mit meinem gefährlichsten Gegner.«

»Gut. Okay. Ja, ich habe das Wochenende am Gardasee mit Cesare verbracht. Und nein, ich habe dich weder betrogen, noch hintergangen und auch nicht verarscht.«

»Ach nein? Und wie nennt man das deiner Meinung nach, wenn meine engste Vertraute mit meinem größten Feind ins Bett steigt?«

»Liebe«, murmelte ich und wischte mir energisch die Tränen von den Wangen.

»Bitte was?«

»Das nennt man Liebe, Toni. Ich habe mich in Cesare verliebt. Er ist der Mann meines Lebens.«

»Was redest du denn da, Kenzie? Verliebt? Mann deines Lebens? Der Kerl nutzt dich aus, um Teaminterna aus dir rauszupressen. Wie naiv bist du eigentlich?«

Ich schüttelte energisch den Kopf und ballte die Hände zu Fäusten. »Das stimmt nicht.«

»Ach nein? Wie kannst du dir da so sicher sein?«

»Weil er mich liebt. So wie ich ihn. Das kann man nicht in Worte fassen, Toni. Kein Wort ist aussagekräftig genug, um das zu beschreiben, was uns verbindet.«

»Bullshit, Kenzie. Hörst du dir eigentlich selbst zu?«

Ich atmete tief durch und machte einen Schritt auf Tonis Schreibtisch zu, umklammerte die Rückenlehne des Besucherstuhls.

»Ja, das tue ich. Und ich meine jedes Wort davon ernst.«

»Wie lange geht das schon mit euch?«

»Seit letztem Winter. Allerdings mit Unterbrechung, weil ...« Ich brach ab und schaute wehmütig auf meinen flachen Bauch hinab.

»Scheiße, Kenzie. Hat *er* dich geschwängert? War das *sein* Kind?«

»Das war *unser* Kind. Cesares und meins.«

»Bist du von allen guten Geistern verlassen?«

»Weil ich mich in Cesare verliebt habe? Denkst du etwa, ich habe mir das ausgesucht? Bestimmt nicht. Und glaube bloß nicht, ich hätte mich nicht mit Händen und Füßen dagegen gewehrt.«

»Und *wann genau* wolltest du mir davon erzählen? Oder anders gefragt: Wolltest du mir *überhaupt* davon erzählen?«

»Wir hatten vor, es dir an diesem Wochenende zu erzählen.«

»*Wir?*«

»Cesare und ich.«

»Und nach allem, was ich in der vergangenen halben Stunde erfahren habe, erwartest du, dass ich dir das glaube, Kenzie?«

»Ich kann verstehen, dass du aufgebracht bist.«

»Aufgebracht? Ich bin außer mir vor Wut. Und noch viel schlimmer: Ich bin extrem enttäuscht von dir.«

Ich zuckte bestürzt zusammen und hätte mich am liebsten in der hintersten Ecke verkrochen und eingeigelt. Stattdessen bemühte ich mich, ruhig und gefasst zu bleiben.

»Das verstehe ich, Toni. Und ich habe sowohl deine Wut, als auch deine Enttäuschung verdient. Aber beides ändert nichts an meinen Gefühlen zu Cesare.«

Ich ließ mich resigniert auf den Besucherstuhl fallen und rieb mir das Gesicht.

»Willst du gar nicht wissen, woher ich von euch weiß?«

»Spielt das denn eine Rolle?«

»Vielleicht hat dich ja dein Liebster ans Messer geliefert.«

»Hat er *nicht*. Lass diese Psychospielchen, Toni.«

»Wer weiß alles davon? Wer hat alles von dir und Cesare gewusst?«

»Kannst du dir das nicht denken?«

»Kann ich, ja. Ich habe allerdings die Hoffnung nicht aufgegeben, dass Allegra, Riley, Dakota und Skye nicht in diese Sache verwickelt sind.«

»Was heißt denn hier bitte *verwickelt*? Sie haben nichts damit zu tun. Also lass sie bitte aus dem Spiel. Deine Wut sollte sich gegen mich richten. Nicht gegen sie. Wenn du jemanden zur Rechenschaft ziehen willst, dann allein mich.«

»Sie haben also von deinem verwerflichen Geheimnis gewusst und mir nichts davon erzählt. Unfassbar.« Toni schnaubte empört.

»Sie sind meine *besten Freundinnen*. Sie würden mir *nie* in den Rücken fallen.«

»Dasselbe dachte ich von dir, Kenzie. Und jetzt sieh dir an, wohin mich dieses blinde Vertrauen gebracht hat. Ich wette, Cesare Cerutti lacht sich ins Fäustchen.«

»Tut er nicht. Er respektiert dich, Toni.«

»Du glaubst auch jede Lüge, die er dir auftischt, oder?«

»Er war bereit, seinen Job bei *Racing Rosso* für mich aufzugeben.«

»Und so einen Schmarrn glaubst du?«

»Es ist kein Schmarrn. Und ja, ich glaube ihm.«

»Kenzie ...« Toni stieß ein frustriertes Knurren aus. »Wie konntest du nur ...«

»Ich habe mir das nicht ausgesucht. Doch jetzt, wo ich Cesare gefunden habe, kann ich mir ein Leben ohne ihn nicht mehr vorstellen. Eigentlich wollte ich dir reinen Wein einschenken und dir anbieten, bis zum Ende dieser Saison noch an deiner Seite zu arbeiten. Aber ich würde verstehen, wenn du mich sofort rauswirfst, weil du mir nicht mehr vertraust.«

»Und dann?«

»Was und dann?«

»Nach dieser Saison, was passiert dann? Dann wechselst du zu *Racing Rosso* und wirst Cesares PA? Verrätst ihm all die Teaminterna aus fast einem Jahrzehnt im innersten Zirkel von *Titan Racing*?«

»Das meinst du nicht ernst, oder?«

»Du wirst verstehen, dass ich momentan nicht mehr weiß, was ich denken und glauben soll, Kenzie.«

»Ich hoffe inständig, dass du nicht so über mich denkst. Und falls doch, kann ich dich beruhigen: Nach dieser Saison möchte ich mit Cesare eine Familie gründen. Vielleicht nicht sofort, aber in absehbarer

Zukunft. Und da ich keine zweite Fehlgeburt erleben möchte, werde ich zuhause bleiben und mich von den Streitereien der *Serie del Rey* fernhalten.«

»Mit dem Teamchef von *Racing Rosso* in deinem Bett. Wie soll das bitte funktionieren?«

»Cesare und ich können Privates von Beruflichem trennen, Toni. Wenn wir zusammen sind, reden wir über alles, nur nicht über die *Serie del Rey*. Für uns beide gibt es so viel mehr, als nur die Arbeit. Cesare hat nie nach Teaminterna gefragt. Das hat er nicht nötig. Er ist dir ein ebenbürtiger Gegner, Toni. Ob es dir nun gefällt oder nicht.«

»Redest du jetzt als meine PA, oder als seine Geliebte?«

»Erstens bin ich nicht seine Geliebte, sondern seine Freundin. Und zweitens mache ich zwischen meiner Tätigkeit als deine PA und meiner persönlichen Beziehung zu Cesare keinen Unterschied. Ich bin ein und dieselbe Person, egal ob bei dir oder bei ihm.«

Toni schob die Augenbrauen zusammen und runzelte die Stirn, während er mich mit seinem Blick buchstäblich durchbohrte. Ich bemühte mich, ihm stand zu halten.

»Was machen wir jetzt?«

»*Jetzt* werde ich mir Cesare Cerutti vorknöpfen. Allein.«

»Das steht außer Frage. Ich komme mit!«

»Nein, Kenzie. Tust du nicht. Das ist ein Gespräch, das er und ich allein führen müssen. Und nach allem, was du mir in den letzten Monaten verschwiegen hast, bist du mir das eindeutig schuldig.«

18

CESARE

*T*oni weiß es!!

Ich starrte auf die kurze Textnachricht von Kenzie und wollte gerade darauf antworten, als die Tür zu meinem Büro aufgestoßen wurde und Toni hereinplatzte.

»Tut mir leid. Ich konnte ihn nicht aufhalten«, piepste Franca mit hochrotem Kopf.

»Schon gut, Franca. Bitte sorg dafür, dass uns niemand stört.«

»In Ordnung, Boss«, murmelte sie sichtlich schockiert und zog die Tür hinter sich zu.

»Fickst du sie auch?« Toni spie mir die hässlichen Worte regelrecht entgegen.

»*Bitte*?« Ich hielt in der Bewegung inne und musterte ihn entgeistert.

»Franca. Fickst du deine PA auch, oder nur meine?«

Bei Tonis spitzer Bemerkung ballte sich meine

Hand zur Faust. Schwarze Gewitterwolken brauten sich über mir zusammen. Tödliche Blitze zuckten in der Ferne und kamen mit rasanter Geschwindigkeit näher.

»Du bist wütend, Toni. Verständlich.« Meine Stimme klang ruhig. Und eisig.

»Ach ja? *Ist* es das? Ist es *verständlich?*«

»Wer hat dir von Kenzie und mir erzählt? Kenzie?«, versuchte ich das hitzige Gespräch auf eine sachlichere Ebene zu lenken.

»Das hätte sie mal besser tun sollen, statt mich monatelang so dreist zu hintergehen.«

»Sie *wollte* es dir sagen. *Wir* wollten es dir sagen. Eigentlich schon gestern. Aber dann kamen die technischen Probleme bei euch dazwischen und wir haben es auf den Sonntag geschoben.«

»Wer's glaubt.«

»Glaube es, oder lass es bleiben, Toni. Wenn Kenzie es dir also nicht gesagt hat, wer dann?«

»Der Zufall.«

»Der *Zufall?*«

»Du hast eine Geburtstagstorte für sie bestellt. Ohne ihren Namen darauf. Sehr schlau. Doch leider hast du nicht bedacht, dass man dich bei der Lieferung der Torte erkennen könnte. Und Kenzie ebenfalls.«

Ich lehnte mich mit der Hüfte gegen die Schreibtischkante und schlug abwartend die Beine übereinander.

»Der Mann, der dir die Torte geliefert hat, ist ein alter Freund von mir. Er war sein halbes Leben lang *Serie del Rey* Journalist, bis er vor einigen Jahren auf das

Drängen seiner Frau hin, die Reiserei gegen eine Back-
stube am Gardasee eingetauscht hat. Das hindert ihn
jedoch nicht daran, die *Serie del Rey* nach wie vor
aufmerksam zu verfolgen.«

»Journalist, sagst du? Also können wir davon
ausgehen, dass es morgen in allen Zeitungen steht?«

»Ist das deine einzige Sorge?«

»*Kenzie* ist meine einzige Sorge. Ich will sie schützen. Wenn also ein Tornado am Horizont aufzieht,
will ich sie in Sicherheit bringen, bevor er uns
erreicht.«

»Willst du mir ernsthaft weismachen, Kenzie
bedeutet dir etwas?«

»Ich liebe sie«, entgegnete ich mit festem Blick.

»Du liebst sie?«, spottete Toni verächtlich.

»Sie ist wunderschön, innerlich wie äußerlich.
Sinnlich, sexy, intelligent, humorvoll, voller Liebe und
Träume. Selbst ein Blinder würde sich auf der Stelle in
sie verlieben.«

»Du Arsch hast ihr ein Kind gemacht und sie damit
im Stich gelassen.«

»Ich wusste nichts von dem Kind. Außerdem hat
sich Kenzie von mir abgewandt und nicht umgekehrt.
Weißt du auch warum? Weil sie geglaubt hat, dass der
Verlust des Kindes die Strafe dafür ist, dass sie dir
unsere Beziehung verheimlicht hat. Kenzie ist durch
die Hölle gegangen und hat mich von sich gestoßen.
Nicht nur, weil sie den Verlust unseres Kindes nicht
verkraftet hat, sondern auch, weil der Zwiespalt
zwischen der Loyalität zu dir und ihrer Liebe zu mir sie
förmlich zerrissen hat.«

Toni presste die Lippen aufeinander und funkelte mich vernichtend an.

Ich hielt seinem Blick stand.

»Woher soll ich wissen, dass du dich nicht an Kenzie rangemacht hast, um ihr geheime Informationen über *Titan Racing* zu entlocken?«

»Du kennst Kenzie. Traust du ihr das zu?«

»Falsch, Cesare. Ich *dachte*, ich kenne Kenzie. Bis vor einer Stunde hätte ich mein Leben darauf verwettet, dass sie niemals Teaminterna weitergeben würde. Aber genauso hätte ich mein Leben darauf verwettet, dass sie mich niemals mit dir hintergehen würde.«

»Traust du mir denn so etwas zu? Dass ich Kenzie benutze, um an Teaminterna zu kommen?«

»Du bist *Racing Rosso*. Euch traue ich alles zu.«

Ich zog verärgert eine Augenbraue in die Höhe. »Danke für die Blumen.«

»Ich habe dir von Anfang an gesagt, dass Kenzie für dich tabu ist, Cesare. Von Anfang an!«, donnerte er.

»Kenzie ist nicht dein Eigentum. Du besitzt sie nicht. Deshalb kannst du auch nicht über sie bestimmen. Sie ist volljährig. Erwachsen. Unabhängig. Sie kann selbst entscheiden, was sie tut und mit wem sie es tut.«

»Offenbar nicht. Sonst hätte sie sich wohl kaum auf dich eingelassen.«

»Was ist denn so falsch an mir?«

»Das fragst du noch? Wir sind beschissene Konkurrenten, verdammt.«

»Ja, das sind wir. Und trotzdem gehen wir für gewöhnlich respektvoll miteinander um. Wir sind nicht die USA und Russland, Toni. Wir sind zwei Motorsport Teams, deren Autos gegeneinander fahren. Keine zwei Supermächte, die ihre Atomraketen aufeinander ausrichten. Es geht hier nicht um Leben und Tod. Verstehst du das?«

»Es geht um zig Millionen Dollar, Cesare.«

»Ja und? Was hat das mit Kenzie zu tun? Du bist wütend auf sie, weil sie dir unsere Beziehung verschwiegen hat. Das kann ich verstehen. Aber das ändert nichts daran, dass sie dir stets loyal ergeben war. Sie ist *Titan Racing* Fan. Durch und durch. Wenn sie arbeitet, steht sie voll und ganz hinter dir.«

»Du willst mir ernsthaft erzählen, dass sie das trennen kann? Die angebliche Liebe zu dir und ihre Loyalität gegenüber *Titan Racing*?«

»Sie liebt *mich*, Toni. Nicht *Racing Rosso*.«

»Du machst es dir verflixt einfach, Cesare.«

»Nein, das tue ich nicht. *Du* machst es dir verflixt einfach. Versetz dich doch mal in Kenzies Lage! Sie *wollte* es dir sagen. Unbedingt. Und sie *hätte* es dir gesagt. Spätestens am Sonntag. Und das, obwohl die Angst vor deiner Reaktion sie vollkommen fertig gemacht hat. Zu Recht, wenn ich mir dich so ansehe. Ich will gar nicht wissen, wie du mit Kenzie umgesprungen bist, aus Angst, dass ich dann etwas tue, was ich danach möglicherweise bereue.«

»Ihr habt mich monatelang an der Nase herumgeführt und da soll ich nett lächeln und mich für euch freuen? Ist es das, was du von mir verlangst?«

»Wir haben dich nicht monatelang an der Nase herumgeführt. Nach Kenzies Fehlgeburt im Februar hat sie mich bis zu ihrem Geburtstag nicht mehr an sich herangelassen. Sie wollte keine Geheimnisse mehr vor dir haben. Dir nicht mehr länger etwas vorspielen. Deswegen hat sie uns aufgegeben. Ich habe eine halbe Ewigkeit darauf gehofft, dass sie ihre Meinung ändert, Toni. Ich habe sie jeden verfluchten Tag vermisst. Und jetzt, wo ich sie endlich wiederhabe, werde ich sie nie wieder hergeben.«

»Also hättet ihr das Spiel genauso weitergespielt, wie zuvor.«

»*Nein*. Wir hätten dir von uns erzählt. Das war Kenzies ausdrücklicher Wunsch. Ich musste ihr an ihrem Geburtstag versprechen, dass wir es dir sagen. In Silverstone. Gemeinsam. Doch dazu ist es nicht mehr gekommen, weil uns dein alter Kumpel zuvorgekommen ist.«

Toni schaute an die Decke und brummte etwas Unverständliches.

»Was haben wir zu erwarten? Verkauft dein Kumpel die Story an die Presse?«

»Nein«, knurrte Toni. »Tut er nicht.«

»Gut. Was will er im Gegenzug von dir für sein Schweigen? Geld?«

»Nichts. Er will nichts, Cesare. Freunde verlangen kein Geld voneinander. Sie achten aufeinander. Und genau das hat er getan. Er hat mich gewarnt. Vor dir und vor Kenzie.«

»So wie du redest, entlässt du Kenzie jetzt also?«

»Das hättest du wohl gern«, schnaubte Toni verächtlich.

»Was ich gerne hätte ist, dass es Kenzie gut geht.

Ich werde nicht tatenlos dabei zusehen, wie du deinen Frust an ihr auslässt und dich durch sie an mir rächst.«

»Tja, das musst du wohl. Denn ich werde meiner besten Mitarbeiterin nicht kündigen. So einfach gebe ich mich nicht geschlagen, Cesare.«

Mit diesen Worten machte er auf dem Absatz kehrt und verließ erhobenen Hauptes mein Büro.

19
CESARE

»**M**ir ist nicht wohl dabei, dass du weiterhin für *Titan Racing* arbeitest.«

Kenzie und ich standen irgendwo im Nirgendwo im Dämmerlicht der verlassenen, englischen *Countryside* zwischen Silverstone und Oxford und diskutierten miteinander.

Wobei, manch einer würde unser Gespräch möglicherweise eher als Streit, statt als Diskussion deklarieren.

»Toni hat mich nicht rausgeworfen. Wieso also sollte ich kündigen?«

»Du hast mir doch selbst geschildert, wie sauer er war. Mir gegenüber hat er sich nicht minder zornig verhalten. Und dann dieser letzte Satz: *So einfach gebe ich mich nicht geschlagen, Cesare.* Es klang wie eine Drohung. Ich habe kein gutes Gefühl bei ihm, Kenzie.«

»Du siehst Gespenster. Toni ist sauer, okay.

Wütend, ja. Enttäuscht, verständlich. Aber bei all seinem Gebelle, ist er immer noch ein guter Mensch, den ich in und auswendig kenne. Und bellende Hunde beißen nicht.«

»Ich will dich bloß schützen, Kenzie. Ich habe dich gerade erst wieder in die Arme schließen dürfen. Dich erneut zu verlieren, würde ich nicht verkraften.«

»Du wirst mich nicht verlieren. Das lasse ich nicht zu und das lässt du nicht zu.«

»Bist du dir da sicher? Was ist, wenn Toni ein perfides Spiel mit uns spielt?«

»Was denn für ein Spiel?«

»Rache, Vergeltung ...«

»Das glaube ich nicht, Cesare.«

»Du *glaubst* es nicht? Also bist du dir nicht sicher? Du kannst es nicht ausschließen?«

»Jetzt sei nicht so spitzfindig. Im Leben sollte man nie etwas gänzlich ausschließen, aber ich bin mir ziemlich sicher, dass er nichts im Schilde führt, sondern dir lediglich Angst einjagen wollte. Verletztes Ego – das sagst du doch selbst immer.«

»Kenzie ...«, setzte ich erneut an.

»Nein, Cesare. Hör bitte auf, mich unter Druck zu setzen.«

»Das tue ich überhaupt nicht.«

»So fühlt es sich aber für mich an.«

»Ich möchte dich bloß schützen, Kenzie.«

»Das sagtest du bereits. Und ich weiß das zu schätzen. Sehr sogar. Doch ich bitte dich, mir jetzt zu vertrauen. Du weißt, dass mir Toni unglaublich wichtig ist. Solange ich eine Chance habe, die Dinge mit ihm zu kitten, möchte ich es zumindest versuchen. Du wirst für mich immer an erster Stelle stehen, aber so lange ich mich nicht dazu gezwungen sehe, mich zwischen euch beiden zu entscheiden, dann will ich es auch nicht tun müssen.«

Ich schob die Hände in die Hosentaschen und wandte mich dem saftgrünen Feld zu unserer Linken zu, auf dem dutzende Schafe friedlich grasten.

»Cesare ...« Kenzie schlang ihre Arme um meine Hüften und schmiegte sich an meinen Rücken. »Toni *weiß*, dass ich nach dieser Saison aufhöre, weil ich mit dir zusammen sein will. Er *kennt* die Wahrheit. Wir können uns endlich treffen, ohne dass mich mein schlechtes Gewissen in den Wahnsinn treibt. Und schon ganz bald müssen wir uns nicht mehr länger vor der Welt verstecken. Sobald ich nicht mehr zu *Titan Racing* gehöre, können wir nach ein paar Monaten wie jedes verliebte Pärchen händchenhaltend durch die Gassen von Verona und Florenz schlendern und uns dabei ein Eis teilen. Nächstes Jahr um diese Zeit kann es jeder wissen.«

»Ein Jahr ist eine verflucht lange Zeit.«

»Es ist nichts im Vergleich zu dem Rest unseres Lebens. Außerdem müssen wir nicht ein Jahr lang aufeinander verzichten, wir sollten bloß noch ein Jahr lang vorsichtig sein, um kein Öl ins Feuer zu gießen. Ende Dezember verlasse ich *Titan Racing* und im Sommer darauf werden die Menschen sich nicht weiter dafür interessieren, dass ich in der Vergangenheit für Toni gearbeitet habe. Natürlich werden ein paar Klatschblätter es aufgreifen, aber es wird keine hohen

Wellen schlagen. Da gibt es weiß Gott interessantere Stories.«

»Du tust sowieso, was du willst. Es ist ja nicht so, als ob du dir von mir etwas vorschreiben lässt.« Ich schluckte und murmelte mehr zu mir selbst, als zu Kenzie: »Und das ist auch gut so.«

»Es war ein Teil unserer Abmachung: Wenn Toni mich nicht rausschmeißt, mache ich die Saison bei *Titan Racing* zu Ende.«

»Ja, ich weiß. Ich dachte nur ...«

»Du dachtest, dass Toni mich rauswirft.«

»In hohem Bogen, ja.«

»Was nicht ist, kann durchaus noch werden. Vielleicht überlegt er es sich in ein paar Tagen oder Wochen plötzlich anders und bittet mich, zu gehen. Bis dieser Tag eintrifft, würde ich jedoch gern versuchen, meine Beziehung zu ihm zurechtzubiegen.«

»Gut. Okay. Meinetwegen.«

»Danke«, seufzte Kenzie und vergrub ihre Nase an meinem Rücken.

»Der Journalist lässt mir keine Ruhe. Wir müssen noch vorsichtiger sein. Treffen wie diese hier dürfen in Zukunft nicht mehr vorkommen. Und auch sonst müssen wir auf der Hut sein. Der nächste Journalist, der uns rein zufällig zusammen sieht, hält seine Story bestimmt nicht zurück.«

»Du hast recht. Wir sollten auf Abstand gehen. Kein privater Kontakt während der Rennwochenenden. Nichts, was über das rein Berufliche hinausgeht. Keine Berührungen, keine Treffen, keine Nachrichten, es sei denn es handelt sich um einen Notfall.«

»Das nächste rennfreie Wochenende ist noch zwei Wochen hin«, knurrte ich verstimmt.

»Bis dahin konzentrierst du dich auf den morgigen Grand Prix in Silverstone und den Grand Prix von Deutschland nächste Woche. Deine Bemühungen, uns zu schlagen, werden dich ausreichend beschäftigen«, schmunzelte Kenzie. »Und bevor du dich versiehst, sind die zwei Wochen auch schon vorbei.«

»Denkst du, Toni wird die Story weitergeben?«

»Welche Story denn? Sein alter Kumpel hat uns zusammen gesehen und es ihm erzählt. Soweit ich weiß, gibt es keine Fotos, die uns zusammen zeigen. Keine Fotos, keine Beweise. Er könnte höchstens Gerüchte streuen. Gerüchte ohne Hand und Fuß.«

»Was, wenn es Beweise gibt? Was, wenn wir fotografiert wurden, ohne dass wir es mitbekommen haben?«

»Du reagierst über, Cesare.«

»Du weißt ganz genau, wie es läuft, Kenzie. Wozu die Paparazzi in der Lage sind. Dass sie vor nichts zurückschrecken, um eine gute Story an den Mann zu bringen.«

»Ja, das tue ich. Doch in diesem Fall verhält es sich anders.«

»Warum?«

»Wenn es Fotos gäbe, hätte ich sie gesehen. Toni hätte sie mir gezeigt.«

»Und da bist du dir sicher?«

»Ja.«

»Tzzzz«, schnaubte ich und presste verstimmt die Lippen aufeinander.

Ich konnte mich nicht entscheiden, ob mir Kenzies Vertrauen in Toni imponierte, oder ob ich mich über die Leichtfertigkeit, mit der sie die Möglichkeit einer potenziellen Racheaktion seinerseits abtat, aufregen sollte.

»Toni wird mich nicht den Haien zum Fraß vorwerfen.«

»Aber mich.«

»Wenn er das tut, lande ich automatisch mit im Haifischbecken, Cesare. Ich bin Teil der Story.«

»Ich verstehe einfach nicht, wie du ihm nach wie vor blind vertrauen kannst. Woher willst du wissen, dass dein Geständnis ihn nicht dazu bringt, dich über Bord gehen zu lassen? Und zwar ohne Rettungsweste.«

»Weil ich ihn kenne.«

»Das dachte er auch von dir. Bis du dich mit dem Boss der Konkurrenz eingelassen hast. Mal ehrlich, Kenzie: Hätte man dich vor einem Jahr gefragt, ob du dir vorstellen kannst, mit dem Boss der Konkurrenz ins Bett zu gehen, was hättest du geantwortet?«

»Selbstverständlich nein.«

»Siehst du.«

»Dinge ändern sich, Cesare. Das Leben ist wie das Meer: Kontinuierlich in Bewegung.«

»Genau das versuche ich dir seit einer halben Stunde zu vermitteln: Dinge ändern sich. Bloß weil Toni bis gestern noch eine Kugel für dich abgefangen hätte, heißt das nicht, dass er es, nach dem was er heute erfahren hat, immer noch tut.«

»Du hast recht. Es wäre nur logisch, wenn er sich von mir abwendet. Aber nicht alles im Leben lässt sich mit Logik erklären. Manchmal musst du die Zweifel, die dein Verstand in deinem Kopf sät, ignorieren und auf dein Bauchgefühl hören.«

»Dein Wort in Gottes Ohr«, murmelte ich resigniert.

»Ich verstehe, dass Toni bei dir aktuell keinen guten Stand hat. Umgekehrt gilt dasselbe. Warten wir ab, wie sich das Ganze entwickelt. Und in der Zwischenzeit freuen wir uns auf unser gemeinsames Wochenende in zwei Wochen, okay?«

»Unter Protest, ja. Ich bitte dich darum, vorsichtig zu sein, Kenzie. Wenn dir etwas komisch vorkommt, hinterfrage es. Und vor allem: Verheimliche es nicht vor mir. Ich will nicht, dass irgendetwas zwischen uns steht oder zwischen uns kommt.«

»Einverstanden. Und jetzt gib deiner Freundin einen Kuss. Ich muss nämlich gleich los. Die Arbeit ruft. Außerdem hat *Titan Racing* morgen ein Rennen zu gewinnen. Dazu muss ich ausgeschlafen sein.«

»Träum weiter.« Ich zog einen Mundwinkel in die Höhe und drehte mich zu Kenzie um. »*Racing Rosso* wird sich den Sieg sichern. Egal, ob du ausgeschlafen bist, oder nicht.«

»Das sehen wir dann«, kicherte Kenzie und beugte sich zu einem Abschiedskuss zu mir vor.

Ich sah ihr hinterher, wie sie in die Dunkelheit in Richtung Silverstone davonfuhr, bis die Rücklichter ihres Wagens hinter der nächsten Kurve verschwanden.

Mir gefiel das alles nicht.

Ich machte mir Sorgen um Kenzie.

Möglicherweise reagierte ich über. Aber was, wenn nicht?

Es beunruhigte mich, dass ich tatenlos dabei zusehen musste, wie Kenzie vielleicht direkt ins offene Messer rannte.

Würde ich mich einmischen, wäre sie stinksauer auf mich.

Ihre Unabhängigkeit war ihr extrem wichtig und ich respektierte das. Mehr noch: Ich bewunderte sie dafür. Ihr Wille, unabhängig zu sein, gehörte zu den Gründen, warum ich sie so abgöttisch liebte.

Deshalb würde ich ihren Drang nach Selbstbestimmung nie unterbinden.

Bis zu dem Punkt, an dem es um ihr Wohlbefinden und um ihre Sicherheit ging. Dort geriet mein Entschluss, Kenzie ihr Leben allein regeln zu lassen, ins Wanken.

Meine Gedanken wanderten zu Toni.

Ich hatte ihn als hart, gerecht und fair kennengelernt.

Ein Mann, der sich nicht von seinen Gefühlen leiten ließ.

Ein Mann, der einen messerscharfen Verstand besaß und sich für gewöhnlich genau darauf verließ.

Aber hier ging es nicht um einen technischen

Regelverstoß in der *Serie del Rey*. Oder um ein unfaires Überholmanöver. Oder um eine Rennstrategie. Hier ging es um Kenzie. Um seine engste Vertraute. Um seine loyalste Mitarbeiterin.

Kein Mann konnte seine kochenden Emotionen in einer solchen Extremsituation ignorieren.

Auch nicht Toni.

Die Frage, die sich nun stellte, lautete: Würde er sich von seinen verletzten Gefühlen dazu verleiten lassen, eine Dummheit zu begehen?

Würde sein verletzter Stolz dazu führen, dass er Kenzie wehtat? Dass er Kenzie dazu benutzte, sich an mir zu rächen?

Ich hoffte, dass ich mit meinen Befürchtungen falsch lag. Dass sich nichts davon bewahrheitete.

Und mehr als das, mehr als *hoffen*, konnte ich im Moment nicht tun.

Dieses Wissen ließ meinen Magen schmerzhaft verkrampfen und mich erfasste eine innere Unruhe, die dafür sorgte, dass sich jeder Muskel in meinem Körper unangenehm anspannte.

Das würden zwei verflucht lange Wochen werden …

20

KENZIE

Racing Rosso hatte den Grand Prix von England in Silverstone für sich entschieden. Eine Woche später schlug *Titan Racing* beim Deutschland Grand Prix zurück.

Das Kopf-an-Kopf Rennen ging also in die nächste Runde.

Ich saß an meinem Schreibtisch im Büro des *Titan Racing* Headquarters in Mailand und arbeitete meine *To-Do*-Liste ab.

Toni ging in seinem Büro unweit von mir auf und ab und telefonierte.

Ich beobachtete ihn verstohlen aus den Augenwinkeln und versuchte seine Laune zu deuten.

Seit der Konfrontation in Silverstone, verhielt er sich mir gegenüber distanziert. Er schrie mich nicht an, er machte mir keine Vorwürfe, er bohrte nicht nach.

Toni schwieg das Thema Cesare tot.

Er hatte mich gebeten, alle Termine mit Cesare abzusagen.

Sachlich. Höflich. Entschieden.

Ich meinerseits hatte seine Anweisungen befolgt, ohne Fragen zu stellen und passte mich seinem Verhalten an: Ich tat meine Arbeit, beschränkte meine Interaktion mit Toni auf die notwendigen Anliegen und mied das Thema, über das er anscheinend nicht reden wollte.

Dass er früher oder später wieder mit Cesare sprechen musste, stand außer Frage. Denn dass die beiden mächtigsten Teambosse den Kontakt zueinander einstellten, war auf Dauer unmöglich, allein aus praktischen Gründen.

Toni brauchte offenbar Zeit – für was auch immer. Ob nun, um sich mit der Situation anzufreunden, um zu überlegen, wie es mit mir weitergehen sollte, oder um mir stille Vorwürfe und Vorhaltungen zu machen – ich wusste es nicht.

Was ich wusste war, dass ich ihm diese Zeit geben würde.

Allegra, Dakota, Riley und Skye hatten mir angeboten, mit Toni zu sprechen, doch ich wollte nicht, dass sie noch tiefer in diesen Schlamassel hineingezogen wurden.

Es reichte, wenn eine von uns Tonis Zorn auf sich zog. Und dass meine Freundinnen von Cesare und mir wussten, brachte ihnen sowieso schon eine Menge Groll von Toni ein – zumindest wirkte es so auf mich.

Ich sammelte die Unterlagen auf dem Tisch zusammen, die Toni sichten und unterschreiben musste und wappnete mich, ihm gegenüberzutreten.

Als er sein Telefongespräch beendete, klopfte ich an seine Bürotür und bemühte mich um ein selbstsicheres, unerschütterliches Auftreten.

»Hast du einen Moment Zeit, um ein paar Dokumente zu unterschreiben?«

»Ja«, brummte er und streckte die Hand nach den Unterlagen aus.

Ich reichte ihm die Mappe und folgte ihm zu seinem Platz. Routiniert fasste ich jedes der Dokumente in wenigen Sätzen für ihn zusammen und erklärte ihm, was er unterschrieb und warum er es unterschrieb.

»Das war's«, sagte ich mit einem zufriedenen Kopfnicken und verstaute die unterschriebenen Unterlagen in der Mappe.

»Hast du nicht etwas vergessen?«

»Ehm nein. Das war alles. Was fehlt denn deiner Meinung nach?«

Toni lehnte sich in seinem Schreibtischstuhl zurück und überkreuzte die Arme vor der Brust.

»Da ist ein Eintrag in meinem Kalender der besagt, dass Cesare Cerutti am Sonntag Geburtstag hat.«

»Korrekt.«

»Wieso hast du mir dann nicht die übliche Karte vorgelegt, die ich jedem *Serie del Rey* Teamchef zum Geburtstag schicke?«

»Weil ich das Gefühl habe, dass du Cesare momentan meidest. Da schien es mir unangebracht, dir eine Geburtstagskarte für ihn vorzulegen.«

»Wirst du ihn sehen?«

»Das hatte ich ursprünglich vor. Aber da du mich gebeten hast, dich zu der Sponsorenveranstaltung von *Chasseur & Cie* morgen zu begleiten, wird daraus wohl nichts.«

»Morgen ist Samstag, Kenzie.«

»Und?«

»Es ist ein rennfreies Wochenende. Du bist vertraglich also nicht dazu verpflichtet, mich zu begleiten.«

»Seit wann berufen wir uns bei dem, was ich für dich tue, auf Arbeitsverträge?«

»Ich dachte nur jetzt, wo du mit Cesare zusammen bist ...« Toni sprach nicht weiter.

Ich legte den Kopf schief und runzelte fragend die Stirn. »Du dachtest nur, jetzt, wo ich mit Cesare zusammen bin ...?«

»Du hast gesagt, du gehst, Kenzie.«

»Zum Saisonende, genau. Bis dahin sind es noch fast sechs Monate. Und während derer werde ich, sofern du das möchtest, als deine Assistentin arbeiten. An meinem Einsatz für dich hat sich nichts geändert. Ich gebe nach wie vor einhundert Prozent für dich und *Titan Racing*.«

»Warum?«

»Warum, was?«

»Warum willst du bleiben?«

»Weil ich dich nicht mitten in der Saison im Stich lasse. Und *Titan Racing* auch nicht. Du und das Team bedeuten mir unglaublich viel. Ihr seid ein wichtiger Teil meines Lebens, von dem ich mich nicht von heute auf morgen trenne.«

»Teilt Cesare diese Auffassung?«

»Ich weiß nicht, was du zu ihm gesagt hast, aber er hat Angst, dass du dich an mir, an ihm oder an uns beiden rächen willst. Ihm wäre es lieber, wenn ich kündige, weil er dir aktuell nicht über den Weg traut. Ich habe ihm gesagt, dass ich das nicht tun werde. Und das ich nicht glaube, dass du dich an mir rächen willst oder mich dazu benutzt, dich an Cesare zu rächen. Liege ich damit falsch?«

»Kann sein, dass ich ihm Angst einjagen wollte.«

»Aha. Herzlichen Glückwunsch. Das ist dir gelungen. Du hast ihn in Alarmbereitschaft versetzt und somit indirekt einen Streit zwischen ihm und mir provoziert. Und weißt du was? Ich kann dich verstehen. Du warst aufgebracht, enttäuscht und verletzt. Vollkommen verständlich. Aber soll das jetzt bis zum Saisonende so weitergehen? Dass ihr euch entweder ignoriert, oder euch anfeindet?«

»Ich hatte eigentlich gedacht, dass sich das Problem von selbst löst.«

»Wie meinst du das?«

»Na, dass du kündigst.«

»Ich werde nicht gehen. Es sei denn du willst, dass ich gehe.«

»Nein.«

»Nein?«

»Nein, ich will nicht, dass du gehst.«

»Okay. Dann bleibe ich.«

Ich wandte mich zum Gehen, als Tonis Stimme mich innehalten ließ.

»Was ist jetzt mit der Karte?«

»Willst du Cesare ernsthaft eine Geburtstagskarte schreiben?«

»Ja. Und du wirst sie ihm überbringen.«

»*Bitte*?«

»Morgen, nach der Veranstaltung. Ich möchte, dass du zu ihm fährst und ihm die Karte aushändigst. Persönlich.«

»Du schickst mich zu Cesare nach Hause? Warum?«

»Weil er seinen Geburtstag bestimmt lieber *mit* dir feiert, statt ohne dich. Und weil er so weniger Zeit hat, sich Gedanken darüber zu machen, wie er *Titan Racing* beim nächsten Rennen schlagen kann.«

»Cleverer Schachzug.« Ich stemmte die Hände in die Hüften und schnitt eine Grimasse.

»Hör zu, Kenzie. Es fällt mir nicht leicht, das Thema anzuschneiden. Aber ich möchte mich bei dir entschuldigen. Wie ich dich angegangen habe, war nicht richtig. Es ist nur ... ich bin aus allen Wolken gefallen, als ich von euch erfahren habe.«

»Du musst dich nicht bei mir entschuldigen. Ich hätte an deiner Stelle genauso reagiert. Jeder hätte das.«

»Um ehrlich zu sein, habe ich den Gedanken, dass du eines Tages einen Mann findest, der dir wichtiger ist als ich, immer von mir geschoben. Ich wollte dich nie mit jemand anderem teilen.«

»Wirklich?« Meine Mundwinkel zuckten verräterisch.

»Mach dich nicht über mich lustig.«

»Das tue ich nicht. Ich fühle mich geehrt.«

»Ich habe nie wahrhaben wollen, dass unsere gemeinsame Zeit eines Tages zu Ende gehen könnte.«

»Du und ich gegen den Rest der Welt«, flüsterte ich und drängte die Tränen zurück.

»Genau. Du und ich gegen den Rest der Welt.«

»Nichts währt ewig, Toni. Weder die schönen, noch die schlechten Momente im Leben. Und das ist auch gut so. Denn letztendlich besteht das Leben doch aus einer kunterbunten Ansammlung an Erlebnissen, die uns prägen und die uns zu dem machen, was wir sind.«

»Ich werde keine neue Kenzie finden.«

»Ja, das stimmt. Aber du wirst jemand anderen finden, der auf seine ganz eigene Art etwas Besonderes ist. Und ich werde dir dabei helfen.«

»Kann ich dich umstimmen? Irgendetwas tun oder sagen, damit du bleibst und den Kerl in die Wüste schickst?«

Ich schüttelte bedauernd den Kopf. »Ich möchte mit Cesare zusammen sein. Ganz offiziell. Und ich möchte eine Familie mit ihm gründen. Vielleicht nicht sofort, aber in absehbarer Zukunft. Es fühlt sich richtig an. Alles mit ihm fühlt sich richtig an. Wie viele Menschen haben schon das Glück, die *Große Liebe* zu finden? Manche Menschen suchen sie ihr Leben lang und werden niemals fündig. Ich habe sie gefunden, obwohl ich sie nicht einmal gesucht habe. Und ich kann mir nicht vorstellen, sie jemals wieder ziehen zu lassen.«

»Mir ging es mit meiner Frau damals genauso. Und meine Kinder würde ich für keinen Weltmeister Titel der Welt hergeben. Trotzdem fällt es mir schwer zu akzeptieren, dass du bald nicht mehr an meiner Seite kämpfen wirst.«

»Man soll dann gehen, wenn es am schönsten ist. Und das tue ich. Ich nehme eine ganze Sammlung an wundervollen Erinnerungen mit. Außerdem bin ich nicht aus der Welt.«

»Aber du bist bei ihm ...«

»Bei deinem Erzfeind.« Ich seufzte. »Ich weiß. Das ist nicht ideal und daran gibt es auch nichts schönzureden.«

»Cesare ist ein verdammt gefährlicher Gegner. Er ist der beste Gegner, der mir in meiner Karriere untergekommen ist. Der einzige Gegner, der es schafft, mich in die Ecke zu drängen. Es gefällt mir nicht, dass er mit dir den Hauptpreis bekommt. Das wird ihn beflügeln. Ihn noch stärker machen. Noch gefährlicher. Musste es denn ausgerechnet Cesare sein ...«

»Es tut mir leid, Toni ...«

»Mir auch.«

»Ich werde immer für dich da sein. Nichts und niemand wird daran je etwas ändern. Okay?«

»Auch nicht Cesare?«

»Auch nicht Cesare. Mal abgesehen davon, dass er das sowieso nicht tun würde. Er ist zwar aktuell nicht gut auf dich zu sprechen, doch er hat großen Respekt vor dir. Und er weiß, dass du mir sehr wichtig bist.«

»Weißt du, Kenzie, wenn ich nicht so egoistisch und eitel wäre, wie ich es nun mal bin, würde ich mich zu der Aussage hinreißen lassen, dass ich mir keinen besseren Mann für dich wünschen könnte als Cesare, meinen stärksten Gegner. Ich habe mir immer das Beste für dich gewünscht. Und Cesare kommt dem ziemlich nahe. Ich wünschte nur, er wäre erst nach meiner Pensionierung aufgetaucht und würde meinem Nachfolger – und nicht mir – das Leben schwer und die PA streitig machen.«

Ich lächelte und spürte die salzigen Tränen, die meine Wangen hinabbrannen und auf meine Lippen tropften.

»Sag ihm ja nicht, dass ich das gesagt habe. Ich will sein Ego nicht noch zusätzlich streicheln. Das tust du schon mehr als genug.«

»Ich werde schweigen, wie ein Grab«, flüsterte ich und wischte mir die Tränen aus dem Gesicht.

»Kenzie, eines musst du mir versprechen.«

»Ja?«

»Ich will dich nächstes Jahr nicht auf einmal in *Racing Rosso* Teamuniform sehen. Erspar mir das bitte. Zumindest für eine Weile.«

»Versprochen«, krächzte ich heiser. »Im Herzen werde ich immer ein *Titan Racing* Girl bleiben.«

»Gut. Ich nehme dich beim Wort. Und jetzt lass uns den Rest dieser Saison gemeinsam rocken und deinem Herzblatt das Leben zur Hölle machen.«

»Toni ...«

»Was denn? Ich schreibe ihm eine Geburtstags-karte und schenke ihm das wertvollste Geschenk über-haupt: Dich. Mehr Zugeständnisse gehen nun wirklich nicht.«

21

CESARE

Ich saß an meinem Schreibtisch und begutachtete den Vertrag, der vor mir lag. Meine Schreibtischlampe diente als einzige Lichtquelle in meinem Arbeitszimmer. Ich mochte es, in die Dunkelheit gehüllt, an meinem Schreibtisch zu sitzen. Dadurch, dass alles außer das vor mir ausgebreitete Dokument von der Dunkelheit verschluckt wurde, gab es nichts, was mich von meiner Arbeit ablenkte.

Nichts außer dem Klingeln der Haustür.

Irritiert hob ich den Kopf. Schlagartig überkam mich ein zutiefst beunruhigendes Déjà-vu. Das letzte Mal, als es so spät an meiner Tür klingelte, stand Fiona davor. Bei der Erinnerung an das, was danach folgte, stellte ich mich instinktiv tot und lauschte angestrengt in die Stille.

Es klingelte erneut.

»Cesare?«

Ich spitzte die Ohren. Das war ganz eindeutig nicht Fionas Stimme, sondern ...

»Ich bin's, Kenzie.«

Kenzie!

Binnen einer Sekunde erwachte ich von den Toten und eilte im Laufschritt zur Tür.

»Hi ...«, rief ich überrascht, sie hier vorzufinden. Ich war davon ausgegangen, dass wir uns an diesem Wochenende nicht sehen würden, da Toni Kenzie für eine Veranstaltung vereinnahmt hatte.

»Hi.« Sie lächelte liebevoll und strahlte über das ganze Gesicht. »Überraschung.«

»Die ist eindeutig gelungen«, entgegnete ich und ließ mich von ihrem Strahlen anstecken.

»Darf ich reinkommen?«

»Natürlich.« Ich trat zur Seite und bat Kenzie hinein. »Sagtest du nicht, dass du arbeiten musst?«

»Stimmt. Musste ich. Aber danach bin ich direkt ins Auto gestiegen und zu dir gefahren.« Sie stellte ihre Tasche vor der Kommode ab und sah sich neugierig um. »Schön hast du es hier.«

»Danke. Ich freue mich riesig, dass du gekommen bist.«

»Ich weiß, dass wir vereinbart haben, vorsichtig zu sein. Und zu dir nach Hause zu fahren, entspricht nicht gerade der Definition von *Vorsicht*. Wenn es hilft: Ich habe ein paar Straßen weiter auf einem öffentlichen Parkplatz geparkt und bin hergelaufen.«

»In dir verbirgt sich ja eine kleine Geheimagentin«, schmunzelte ich und zog sie in eine Umarmung. »Hast du auch eine Waffe und Handschellen?«

Kenzie kicherte und erwiderte meine Umarmung. »Wollen wir es gemeinsam herausfinden?«

»Unbedingt.« Ich grinste verschmitzt und sog ihren so vertrauten Duft ein, von dem ich einfach nie genug bekam. »Aber zunächst muss ich wissen, dass es dir gut geht. Trinken wir ein Glas Wein zusammen?«

»Gern.«

»Geh schon mal vor. Die Küche ist dort vorn.« Ich deutete mit dem Kinn auf den Türbogen, der in die weitläufige Küche führte. »Ich komme sofort nach.«

»Okay. Beeil dich, wenn du nicht willst, dass ich alles allein trinke.« Kenzie zwinkerte mir zu und verschwand in Richtung der Küche.

Ich ging in mein Arbeitszimmer zurück und schob die vertraulichen Papiere zusammen, um sie in meiner Tasche zu verstauen.

»Montepulciano oder Primitivo?«

Kenzies plötzliches Auftauchen in der Dunkelheit ließ mich zusammenzucken. Ich stieß in einer abrupten Bewegung meine Kaffeetasse um. Braune Flüssigkeit lief über den Schreibtisch, geradewegs in Richtung der unterzeichneten Dokumente.

»Shit«, zischte ich und fegte die Papiere geistesgegenwärtig vom Tisch.

Nahezu geräuschlos segelten sie auf den Boden und verteilten sich in einem Radius von zwei Metern um meinen Schreibtisch.

»Tut mir leid. Es war nicht meine Absicht, dich zu erschrecken.«

Kenzie bückte sich und sammelte die Papiere auf.

Nicht anfassen, schrie ich in Gedanken. Doch es war zu spät.

Kenzies Blick verweilte auf den Papieren. Zu lange. Sie kannte diese Art von Dokument. Diese Art von Vertrag. Sie wusste genau, was sie dort in den Händen hielt.

Ihre Augen, die sich ungläubig weiteten, verrieten mir, dass ich mit meiner Vermutung richtig lag.

Sie hob den Blick und sah mich mit geröteten Wangen an. »Ich wollte nicht schnüffeln, Cesare. Das musst du mir glauben.«

»Selbstverständlich glaube ich dir, Kenzie. Aber das ändert nichts an der Tatsache, dass du jetzt Bescheid weißt. Dir ist bewusst, dass du dieses Wissen vor Toni und vor allen anderen außerhalb dieses Raumes geheimhalten musst?«

»Ja«, seufzte sie.

»Das bedeutet, dass du notfalls leugnen und lügen musst.«

Kenzie hielt mir die Dokumente wortlos hin und schaute unglücklich an die Decke.

»Wie lange?«

»Wir verkünden es nach der Sommerpause.«

»Zwei Monate also.«

»Schaffst du es, so lange Stillschweigen zu wahren?«

»Bleibt mir etwas anderes übrig?«

»Ich kann dich zu nichts zwingen, Kenzie. Wenn du es also ausplaudern willst, kann ich dich nicht daran hindern.«

»Ich werde nichts sagen. Du weißt, dass ich dich

niemals absichtlich in Schwierigkeiten bringen würde. Ich halte zu dir. Immer.«

»Danke.« Ich atmete erleichtert aus.

»Dein Arbeitszimmer ist absolut tabu für mich. Es tut mir so leid, Cesare. Ich bin hier reingelaufen, ohne meinen Verstand einzuschalten.«

»Schon in Ordnung. Das ist für uns beide vollkommen neu.«

Ich legte die Dokumente auf meinen Stuhl und ging zu Kenzie. »Nehmen wir den Montepulciano?«

»Hm?« Ihre Miene zeugte von Verwirrung.

Ich strich ihr behutsam mit dem Zeigefinger über ihre noch immer vor Scham gerötete Wange. »Der Wein. Der in deiner Hand. Nehmen wir Montepulciano?«

»Oh. Der Wein. Ehm, ja. Klar.«

Sie machte auf dem Absatz kehrt und verließ mein Arbeitszimmer in Richtung Küche. Ich folgte ihr und öffnete den Wein. Dann nahm ich einen Lappen und ging zurück in mein Büro, um die klebrige Schweinerei auf meinem Schreibtisch aufzuwischen.

Meine Tasche, die direkt neben dem Schreibtisch stand, hatte ebenfalls etwas abbekommen. Ich leerte sie und hängte sie zum Trocknen an den Kleiderhaken.

Mein Blick fiel auf die streng vertraulichen Dokumente, die auf meinem Stuhl lagen.

Es behagte mir nicht, dass Kenzie den unterschriebenen Fahrervertrag in die Finger bekommen hatte. Nicht, weil ich ihr nicht traute, sondern weil das zwangsläufig bedeutete, dass sie die nächsten beiden Monate für sich behalten musste, dass wir einen

unserer beiden Stammfahrer in der kommenden
Saison durch einen anderen Fahrer ersetzen würden.

Da Rocco Cabrera, der Fahrer, den wir nach dieser
Saison verabschiedeten, über unsere Entscheidung
noch nicht in Kenntnis gesetzt worden war, wahrte
Kenzie jetzt ein Geheimnis, mit dem viel Schaden
angerichtet werden konnte. Vor allem wenn es unbe-
dacht oder zum falschen Zeitpunkt in die Welt hinaus-
posaunt wurde. Das Bekanntwerden dessen, was
dieser Vertrag beinhaltete, konnte den WM-Kampf auf
fatale Art und Weise beeinflussen.

Ein Fahrer der wusste, dass sein Team den Vertrag
mit ihm nicht verlängerte, verlor an Motivation,
weiterhin für dieses Team zu kämpfen. Der Fokus driftete von der Gegenwart auf die Zukunft. Der schei-
dende Fahrer konzentrierte sich fortan auf die Suche
nach einem neuen Team und nicht auf den gegenwär-
tigen, brandheißen WM-Kampf.

Dieses ungünstige Szenario wollte ich soweit wie
möglich herauszögern. Eine Klausel in Cabreras
Vertrag besagte, dass wir ihm bis September unsere
Entscheidung mitteilen mussten. Bis dahin jedoch
würden wir uns in Schweigen hüllen und im Hintergrund an unserem *Plan B* für Rocco weiterarbeiten. Ich
versuchte nämlich durch einen Deal mit einem
anderen *Serie del Rey* Teamchef, Rocco ein Cockpit in
dessen Team zu sichern. Wenn mir das gelang, waren
Cabreras Zukunft und Einkommen gesichert und er
konnte sich weiterhin auf die Rennen konzentrieren,
die er noch für *Racing Rosso* fuhr.

Das richtige Timing entschied in diesem Spiel über

Sieg und Niederlage. Deshalb war es unerlässlich, dass Kenzie über das, was sie zu Gesicht bekommen hatte, Stillschweigen wahrte. Ich hegte keinen Zweifel daran, dass Kenzie dieses Geheimnis weder Toni, noch irgendeinem Journalisten anvertrauen würde.

Ich fürchtete mich also nicht davor, dass Kenzie diese brisanten News ausplauderte. Das, was mir jedoch Kopfschmerzen bereitete war, dass sie nun erneut ein Geheimnis mit sich herumtragen musste. Ein taktisches Geheimnis, das es ihr nicht erlaubte, Toni gegenüber vorbehaltslos ehrlich und transparent zu sein.

Ein Unheil kam offenbar selten allein.

Mit einem letzten Blick auf die Unterlagen knipste ich die Schreibtischlampe aus und begab mich zu Kenzie in die Küche.

22

KENZIE

»**A**uf dich.« Ich stieß mein Glas gegen das von Cesare und prostete ihm zu.

»Wieso auf mich und nicht auf uns?«

»Weil du in weniger als einer Stunde Geburtstag hast.«

Cesare machte ein überraschtes Gesicht.

»Was denn? Dachtest du, nur du besitzt diese Art von Infos?«, neckte ich ihn.

»Ich habe dir meinen Geburtstag nicht genannt.«

»Das musstest du auch nicht. Der steht auf deiner Wikipedia Seite.«

»Auf meiner Wikipedia Seite?« Cesare zog belustigt die Augenbrauen hoch.

»Ja, sag bloß, du weißt nicht, dass du eine eigene Wikipedia Seite besitzt.«

»Bis eben nicht, nein. Was steht denn da sonst

noch so? Lohnt es sich, sie zu lesen? Erfahre ich dort etwas über mich, was ich bisher noch nicht weiß?«

Ich schüttelte erheitert den Kopf. »Du Scherzkeks.«

Reichlich bemüht, mir mein Unbehagen darüber, den unterzeichneten Fahrervertrag zwischen *Racing Rosso* und Jack Sullivan vom Boden gefischt und gelesen zu haben, nicht anmerken zu lassen, ging ich zu meiner Tasche und kramte Tonis Karte hervor.

»Die soll ich dir von Toni geben.«

»Was ist das?«

»Eine Geburtstagskarte.«

»Eine Geburtstagskarte?« Cesare beäugte den Umschlag in meiner Hand skeptisch. »Bist du sicher?«

»Was soll es denn sonst sein?«

»Eine Briefbombe?«

»Ach so. Verstehe. Du meinst Toni hat mich damit beauftragt, zu dir zu fahren und dir die als Karte getarnte Bombe zu überreichen, damit wir beide dabei draufgehen und es so aussieht, als hätte ich dich mit mir in den Tod gerissen?«

»Möglich.«

»Na dann. Bist du bereit, mit mir zu sterben?«

Cesare nickte und verkniff sich ein Lachen.

Ich riss den Umschlag auf und zog die *Titan Racing* Karte daraus hervor. Neugierig klappte ich sie auf und drehte sie zwischen meinen Fingern.

»Keine Bombe«, stellte Cesare glucksend fest und nahm sie mir aus der Hand.

»Willst du sie lesen?«

»Nachher. Erklär mir lieber, wieso Toni mir eine

Geburtstagskarte schreibt. Damit habe ich nun wirklich nicht gerechnet.«

»Wir haben uns ausgesprochen. Er hat fast drei Wochen gebraucht, um sich zu beruhigen, aber gestern Abend hat er mit mir geredet.«

»Und? Was hat er gesagt?«

»Ich erspare dir die Details, weil das eine Sache zwischen Toni und mir ist. Doch ich denke, er hat die Situation akzeptiert. Dass ich zum Ende der Saison gehe. Dass ich dich liebe. Dass wir zusammen sind.«

»Wow.«

»Du wirkst überrascht.«

»Das bin ich auch. Vor drei Wochen klang das noch ganz anders. Bist du dir sicher, dass er dich nicht bloß in falscher Sicherheit wiegen will?«

»Ja, bin ich. So ist Toni nicht.«

»O-kay«, sagte Cesare gedehnt. »Wenn du das sagst.«

»Ja, das sage ich. Und das meine ich auch so. Ihr solltet miteinander reden. Bald. Dann kannst du dich selbst davon überzeugen, dass deine Bedenken unbegründet sind.«

»Das würde ich ja gern. Bislang wollte er mich jedoch nicht sehen.«

»Diese Karte ist ein erster Schritt. Sie bringt das Eis zum Schmelzen. Gib ihm noch ein wenig Zeit, dann wird er sein Embargo gegen dich aufheben.«

»Ich kann es kaum erwarten«, murmelte Cesare und verbarg sein Gesicht an meinem Hals. »Aber jetzt lass uns über mein Geburtstagsgeschenk reden.«

»Was ist damit?«, kicherte ich und wand mich unter den Bissen, mit denen er meinen Hals bedachte.

»Darf ich mir etwas wünschen?«

»Was denn?«

»Dich. Nackt. In meinem Bett. Gefesselt.«

»Gefesselt?«

»Ja«, knurrte Cesare und erschauderte. »Ich will dich benutzen, Baby.«

Seine intimen Wünsche sandten prickelnde Hitzewellen direkt in meinen Schoß und ließen mich schwer schlucken.

»Mich benutzen?«

»Hmm«, seufzte er. »Du hast keine Ahnung, wie ausgehungert ich bin. Ich habe einen riesengroßen Appetit. Auf dich.«

Er hob mich, ohne meine Antwort abzuwarten, auf seine Arme und trug mich die Treppe hinauf.

»Ausziehen«, forderte er und warf mich auf sein Bett.

Mit glühenden Augen verfolgte er, wie ich mir mein Shirt über den Kopf zog und die Knöpfe meiner Jeans öffnete.

»Lass mich das machen«, verlangte er und kletterte zwischen meine Beine. Er zog die Jeans mit einem Ruck über meine Hüften und ließ seine Finger über meinen dünnen Slip zu meiner feuchten Mitte gleiten.

»Da will jemand ganz dringend von mir benutzt werden.« Sein erregtes Keuchen, das die Bewegungen seiner geschickten Finger an meiner Perle begleitete, sorgte dafür, dass mein Höschen binnen einer Minute von Nässe durchtränkt wurde.

Ich griff nach meinem Slip und zog ihn an meinen Beinen hinab. Gierig spreizte ich die Schenkel.

»Ist das eine Aufforderung, Baby?«

Ich nickte stumm und befeuchtete mir ungeduldig die trockenen Lippen.

»Was soll ich machen?«

»Verwöhn mich«, hauchte ich und krallte die Hände in lüsterner Vorfreude auf das, was mich erwartete, in die Bettlaken.

»Wie?«

Cesare öffnete seine Hose. Zum Vorschein kam sein samtiger Schwanz, den er nun genüsslich durch seine Hand gleiten ließ, während er mich aus gesenkten Augenlidern abwartend betrachtete.

»Mit der Zunge.« Ich errötete und senkte den Blick.

Cesare beugte sich über mich, sodass ich gezwungen war, ihn anzusehen. Sein steifer Schwanz streifte dabei meine feuchte Mitte und ließ mich meine Beine weiter spreizen.

»Du willst von mir geleckt werden, ja? Ist es das, worum du mich bittest?«

Ich nickte erneut.

»Sag es, Kenzie. Sag mir, was du dir wünschst.«

»Ich will, dass du mich leckst.«

»Lauter.«

»Ich will, dass du mich leckst«, rief ich so laut, dass ich erschrocken zusammenzuckte.

Cesare knurrte zufrieden. »So ist es brav.«

Er belohnte mich mit einem stürmischen Kuss auf meine Lippen, der unerträgliche Lust auf mehr machte und arbeitete sich dann quälend langsam zu meiner Klit vor.

»Oh mein Gott«, stöhnte ich erstickt, als er seine Zunge in meinen Spalt tauchte und mich damit in Brand setzte.

Ich hob mein Becken an und reckte es ihm entgegen. Gleichzeitig vergrub ich meine Finger in seinen Haaren, presste sein Gesicht auf meine pochende Scham. Voller Gier rieb ich meine Mitte an seinem heißen Mund. Ich ritt seine Zunge und benutzte ihn, um meine Sehnsucht nach dem erlösenden Orgasmus zu stillen. Mit Überschallgeschwindigkeit raste ich auf meinen Höhepunkt zu und explodierte keine zwei Minuten später in eine Million Teile.

Atemlos und entkräftet ließ ich von Cesare ab und schloss die Augen.

»Ich glaube, du hast mich falsch verstanden«, zischte Cesare an meinem Ohr und schob sich im selben Augenblick völlig unverhofft mit einem kräftigen Ruck in mich.

Ich bäumte mich unter dem plötzlichen Druck in mir auf, doch Cesare drängte mich mit seinem Oberkörper zurück in die Laken, vergrub mich unter sich.

»Höchste Zeit, ein paar Dinge klarzustellen, Baby. *Ich* benutze *dich*. Nicht *du mich*.«

Er begann in mich zu stoßen. Hart. Tief. Roh.

Bevor ich mich versah, hatte er meine Handgelenke bereits mit meinem BH, von dem ich mich nicht erinnern konnte, wann er ihn mir ausgezogen hatte, über meinem Kopf gefesselt.

Jetzt, da er mich nicht mehr länger festhalten

musste, stützte er sich mit den Unterarmen auf der Matratze ab und begann, mich noch härter zu vögeln.

Er schloss die Augen und legte den Kopf in den Nacken, während er, begleitet von primitiven Lauten, seinen Besitz markierte.

Ich wusste, was er da tat und warum er es tat. Auch, wenn er sich dessen wahrscheinlich selbst nicht einmal bewusst war.

Cesare hatte die letzten Wochen mit der Angst gelebt, mich ein zweites Mal zu verlieren. Zwar hatte er versucht, seine Furcht vor mir zu verbergen, doch ich konnte in seinen Augen lesen, wie in einem offenen Buch.

Dass er mich nun so heftig und ausgiebig vögelte als gäbe es keinen Morgen, gab ihm die Gewissheit, dass ich ihn nicht verlassen und er mich nicht verloren hatte.

Er markierte seinen Besitz. Sein Territorium. Er vertrieb seine Angst. Fickte sich seine Furcht aus der Seele und aus dem Verstand.

Die enorme Anspannung, die ihn in den letzten Wochen gequält hatte, löste sich mit jedem Mal, das er in mich stieß, ein bisschen mehr.

Der Sex mit mir war sein Ventil. Ich war sein Ventil. Seine Erlösung.

Meinem unbändigen Drang, Cesare zu berühren folgend, schaffte ich es irgendwie, meine Hände aus der BH-Fessel zu befreien. Mit einer Hand umfasste ich seinen Nacken und zog sein Gesicht zu mir heran, um ihn zu küssen und ihm zu zeigen, dass ich allein ihm gehörte. Meine andere Hand wanderte hinab zu meiner Klit und begann, sie im Rhythmus von Cesares Stößen zu massieren.

Cesares abgehacktes Stöhnen vermischte sich mit meinen lustvollen Seufzern und gemeinsam steuerten wir geradewegs auf die Sonne zu.

»Ich liebe dich«, flüsterte ich beruhigend in Cesares Ohr. »Ich liebe dich so sehr.«

Er erschauderte unter meinen Worten und ergoss sich mit einem verzweifelten Aufschrei in mir.

Zu spüren, wie er seinen cremigen Samen in mich pumpte und zu sehen, wie er seine Seele vor mir ausbreitete, gab mir den Rest. Ich schloss die Augen und ließ mich in die Unendlichkeit der Galaxie schießen.

»Geht's dir gut?«, flüsterte Cesare, als unser Herzschlag sich langsam beruhigte und unser Atem sich wieder normalisierte.

Er rollte sich von mir herunter und kuschelte sich an meine Seite, wo er sein Gesicht an meiner Halsbeuge verbarg.

»Es ging mir nie besser«, kicherte ich und genoss, wie seine Nase neckend an meiner empfindsamen Haut entlangstrich und seine Lippen mich zärtlich liebkosten.

»War ich zu grob zu dir? Ich habe mich zugegebenermaßen vielleicht ein wenig zu sehr gefreut, dich zu sehen ...«, gestand er zähneknirschend.

Ich wandte ihm mein Gesicht zu und lächelte. »Ich wurde noch nie schöner begrüßt.«

»Wirklich?« Erleichterung zeichnete sich auf seinem besorgten Gesicht ab.

»Wirklich«, bekräftigte ich und verschränkte unsere Finger miteinander. »Ich habe dich vermisst, weißt du?«

»Ach Kenzie ...«, seufzte Cesare. »*Vermissen* ist gar kein Ausdruck für die Leere, die ich empfunden habe, seitdem Toni von uns erfahren hat und wir beide auf Abstand zueinander gegangen sind.«

»Es tut mir leid«, flüsterte ich und küsste seine Schulter.

»Das muss es nicht. Es ist nicht deine Schuld, dass es so gekommen ist.«

»Mag sein. Aber es tut mir trotzdem leid.«

Unter dem warmen Lächeln, das sich bei meinen Worten auf Cesares Gesicht stahl, drehten die Schmetterlinge in meinem Bauch komplett durch.

Wie wunderschön, innerlich wie äußerlich, konnte ein Mann nur sein?

»Jetzt bist du hier. Und das ist alles, was zählt«, raunte er. »Dir ist schon klar, dass ich dich nicht mehr aus diesem Bett lassen werde, oder?«

»Ich soll also über Nacht bleiben?«

»Du sollst für immer bleiben, Kenzie.«

Natürlich hatte ich von Anfang an vorgehabt, bei Cesare zu übernachten. Doch es aus seinem Mund zu hören, war wie ein Kuss auf die Seele – warm, zärtlich und so endgültig, dass mir der Atem stockte und mein Herz mitten in der Bewegung innehielt.

Tränen schossen in meine Augen und ich war unfähig, zu atmen.

Ich liebte diesen Mann mehr als mein Leben, weil alles an ihm sich nach dem Zuhause anfühlte, nach dem ich mich ein Leben lang gesehnt und von dem ich geglaubt hatte, es niemals zu finden.

»Nicht weinen«, flüsterte er und zog mich tröstend an sich.

Seine starken Arme hielten mich fest umschlossen und gaben mir ein Gefühl von Liebe, Sicherheit und Geborgenheit.

»Ich bin so froh, dass du hier bist, Kenzie.«

»Ich auch«, murmelte ich und genoss die Wärme seines Körpers, die auf mich überging.

Er küsste meinen Scheitel und strich mit gleichmäßigen Bewegungen gedankenverloren über meinen Rücken.

Ich kuschelte mich enger an ihn und spürte die Müdigkeit, die mich dabei überkam und meine Lider schwer werden ließ.

Die Anstrengungen und Strapazen der letzten Tage und Wochen zollten ihren Tribut. Es war mir nicht gelungen, zur Ruhe zu kommen. Doch jetzt, in den Armen von Cesare, meinem sicheren Hafen, gelang es mir zum ersten Mal seit dem Showdown mit Toni zu entspannen und in einen tiefen, erholsamen Schlaf zu fallen.

23
CESARE

Ich erwachte von einer warmen Welle, die über meinen Körper rollte und mich in einen Zustand vollkommener Entspannung versetzte.

Blinzelnd öffnete ich die bleiernen Augenlider und sah geradewegs in die vergnügt funkelnden Augen von Kenzie, die auf mir saß und meinen morgendlichen Ständer massierte. »Herzlichen Glückwunsch zum Geburtstag«, lächelte sie und ließ sich langsam auf meinen Schwanz hinabsinken.

»Oh shit«, keuchte ich bei der feuchten Hitze, die meine Latte umschloss und sie lustvoll auspresste.

»Happy Birthday to you, Happy Birthday to you«, sang Kenzie leise, während sie mich gemächlich ritt und meine Hände einladend auf ihren Brüsten platzierte. »Happy Birthday, liebster Cesare, Happy Birthday to you.«

»D ... Danke«, raunte ich atemlos und knetete

erregt ihre vollen Brüste, die so perfekt in meinen Händen lagen, als gehörten sie genau dort hin.

Kenzies zimtfarbene, weiche Mähne fiel ihr in langen Strähnen über die Schultern und ließ mich ihrer Schönheit einmal mehr verfallen.

Gott, was war ich doch für ein verdammter Glückspilz.

Meine Traumfrau weckte mich an meinem Geburtstag in meinem Bett und beschenkte mich, indem sie sich um mich und meine Bedürfnisse kümmerte.

»Ich liebe dich«, seufzte ich und zog Kenzie zu einem Kuss zu mir hinab.

»Und ich liebe dich«, wisperte sie an meinen Lippen. »Jetzt entspann dich und lass dich von mir verwöhnen.«

Ich seufzte erneut und gehorchte ihrem Befehl.

»Habe ich dir schon gesagt, dass ich dich liebe?«

Kenzie zwinkerte mir amüsiert zu. »Vor etwa drei Sekunden.«

Im Gegensatz zu der wilden, hemmungslosen Nacht, glich unser morgendlicher Ritt einem leichten Trab über eine sommerliche Waldwiese.

Wir taten es langsam. Behutsam. Zärtlich.

Ein langer, intensiver Orgasmus belohnte unsere

Geduld und riss uns mit sich, wie die Strömung eines reißenden Flusses.

Kenzie kuschelte sich zufrieden und glücklich in meinen Arm und legte ihren Kopf auf meiner Brust ab. Ich streichelte ihren nackten Rücken und genoss ihre Wärme. Ihre Nähe.

Tiefenentspannt von unseren morgendlichen Orgasmen, schliefen wir eng aneinander geschmiegt ein und erwachten erst, als der Morgen längst in den Mittag übergegangen war.

»Hey«, begrüßte mich Kenzie, als ich an diesem Tag das zweite Mal die Augen öffnete. »Willst du deinen gesamten Geburtstag verschlafen?«

»Hmm ... mir gefällt mein Geburtstag bisher ausgesprochen gut«, brummte ich. »Wie wäre es, wenn du mir noch ein Lied singst, während du mich reitest? Oder du könntest mir zur Feier des Tages einen Blowjob spendieren. Wie klingt das?«

Kenzie lachte laut auf und steckte mich mit ihrer Unbeschwertheit an.

Ich war dermaßen verliebt in dieses wunderschöne Lachen, dass ich die Hoffnung auf Rettung längst aufgegeben hatte.

»Darüber lässt sich reden. Doch zunächst bekommst du dein eigentliches Geschenk von mir.«

»Mein eigentliches Geschenk? Ich dachte dein Körper wäre mein Geschenk.« Ich wackelte anzüglich mit den Augenbrauen und gab Kenzie einen Klaps auf ihren nach wie vor nackten Po.

»Das sowieso.« Kenzie hauchte mir einen Kuss auf die Lippen und stand auf.

»Warte. Wo willst du hin?«

»Ich möchte dein Geschenk holen.«

»Hmm … na gut«, grummelte ich. »Du hast zehn Sekunden, bis ich dich ins Bett zurückzerre.«

»Sei nicht so ungeduldig.« Kenzie hob mahnend den Zeigefinger und warf mir einen Umschlag zu.

»Noch eine Briefbombe?«

»Jetzt hör schon auf.« Ihr Lachen erhellte den Raum und sorgte dafür, dass sich mein Herz voller Liebe zusammenzog. »Worauf wartest du? Mach ihn auf.«

»Keine Briefbombe?«, neckte ich Kenzie weiter.

»Keine Briefbombe«, versprach sie.

Ich öffnete den Umschlag und entnahm ihm eine Buchungsbestätigung, zusammen mit einigen Fotos.

»Zehn Tage Schweden. Ein kleines, rotes Häuschen auf einer einsamen Insel im Stockholmer Schärengarten. Nur du und ich. Mit Steg, Ruderboot und Sonnenterrasse«, rief Kenzie begeistert.

Die Erkenntnis, dass sie offensichtlich die Sommerferien mit mir verbringen wollte, wärmte meine Seele. Ob nun Stockholm, Kentucky oder Moorea, ich würde überall mit Kenzie hinreisen, wenn das bedeutete, dass wir dort zusammen sein konnten.

»Das klingt fantastisch. Danke, mein Schatz«, flüsterte ich und gab ihr einen Kuss auf die Nasenspitze. »Darf ich es bezahlen?«

»Neeein«, widersprach sie gedehnt. »Ein Geschenk nennt sich Geschenk, weil man es jemandem schenkt.«

»Das tust du doch. Du schenkst mir deine Zeit.

Deine Gesellschaft. Und deinen Körper«, grinste ich und rollte mich auf sie.

»Genau. Meine Zeit, meine Gesellschaft, meinen Körper und das Ferienhaus. Den Flug würde ich uns ebenfalls schenken, aber ich nehme an, du willst deinen Jet nehmen, damit uns niemand erkennt. Hier also mein Vorschlag: Du zahlst den Flug, ich das Haus.«

Ich ließ meinen Kopf resigniert neben ihrem Hals in die Kissen sinken.

»Komm schon, Cesare, sei ein braves Geburtstagskind und lass dich auf den Kompromiss ein.«

»Na gut.« Ich knurrte missmutig und vergrub meine Nase an Kenzies Hals. »Aber nur, wenn du die gesamten zehn Tage nackt auf der verlassenen Insel herumläufst, damit ich mir nehmen kann, was ich brauche und wann ich es brauche.«

»Das Gleiche gilt für dich«, schmunzelte Kenzie. »Also haben wir einen Deal?«

»Hmm.«

»Was heißt hmm?«, bohrte Kenzie nach. »Ja oder nein?«

»Ja, haben wir. Und jetzt lass mich mal schauen, was da so penetrant gegen meinen Schwanz reibt und nach meiner Aufmerksamkeit verlangt.«

24
KENZIE

Das Badetuch um mich geschlungen, suchte ich in Cesares Schlafzimmer nach meiner Tasche, bis mir einfiel, dass sie noch immer unten, neben dem Eingang stand, wo ich sie gestern Abend bei meiner Ankunft abgestellt hatte.

Ich verließ das Schlafzimmer und ging auf die Treppe zu, als mich das Klingeln an der Haustür jäh innehalten ließ.

Cesare summte in der Küche zu der Musik im Radio. Er war bereits nach unten gegangen, um den Tisch im Garten für das Mittagessen zu decken, das wir vom Bett aus online bestellt hatten.

»Das ging aber flott«, rief ich und zog mich zurück, damit mich der Pizzabote nicht in einem Hauch von Nichts auf der Treppe entdeckte.

»Ich erledige das«, rief Cesare zurück und drehte die Musik leiser.

Ich wartete am Absatz der Treppe darauf, dass Cesare unser Mittagessen entgegennahm und die Tür wieder schloss, doch das geschah nicht.

»Fiona?« Die Überraschung in seiner Stimme war ihm deutlich anzuhören.

An seinem Rücken, den er mir und der Treppe zugewandt hatte, erkannte ich, wie er sich bei der Erkenntnis, dass seine Noch-Ehefrau vor der Tür stand, verspannte.

Die Stimme der Vernunft riet mir, ins Schlafzimmer zu gehen und die beiden bei ihrer Unterhaltung nicht zu belauschen.

Doch die Stimme der Eifersucht schubste die Vernunft zur Seite und breitete sich wie beißende Säure in meinem Mageninneren aus.

Ich duckte mich hinter die Ecke der Treppe, sodass man mich von unten nicht sehen konnte und zog das Badetuch enger um mich. Plötzlich schien die sommerliche Temperatur, die heute herrschte, wie verpufft. Stattdessen zitterte ich unter der arktischen Kälte, die von mir Besitz ergriff.

»Happy Birthday, Cesare«, hörte ich Fiona sagen.

»Danke«, entgegnete dieser knapp.

»Kann ich reinkommen?«

»Es ist gerade eher ungünstig.«

»Warum?«

»Weil ich in Arbeit versinke und verabredet bin.«

»Verabredet? Mit wem?«

»Ist das wichtig?«

Bei Fionas verächtlichem Schnauben stellten sich mir die Härchen auf den Armen auf.

»Bist du mit *ihr* verabredet?«

»Ja.«

»Ist sie hier? Bei dir?«

»Ja.« Cesare seufzte resigniert. »Fiona, warum bist du hergekommen?«

»Willst du mich ernsthaft an der Haustür abfertigen, Cesare? Oder hast du irgendwo noch einen Rest Anstand versteckt, der dich daran erinnert, dass ich noch immer deine *Frau* bin, selbst wenn du jetzt Ersatz für mich gefunden hast?«

»Ich möchte mich nicht streiten, Fiona. Und ich will dich auch nicht abfertigen. Sag mir doch einfach, warum du gekommen bist und dann sehen wir weiter.«

»Also schön. Ich habe das letzte Mal, als ich bei dir war, etwas vergessen. Könntest du nachsehen, ob du es findest?«

»Was hast du vergessen?«

»Meinen BH. Du weißt schon, den verführerischen, schwarzen BH mit der goldenen Spitze, der dir immer so gut an mir gefallen hat.«

Es entstand eine Pause, in der niemand etwas sagte.

Oder vielleicht verstand ich auch einfach nicht, was gesprochen wurde, weil das Rauschen in meinen Ohren alles andere übertönte.

Ich verlor das Gleichgewicht und fiel rückwärts auf den Po. Erschrocken schlug ich mir die Hand vor den Mund.

»Komm rein. Ich schaue nach.«

Ich vernahm, wie Cesare die Haustür weiter öffnete

und Fionas Absätze auf den Fliesen klackerten, als sie sein Haus betrat.

»Du kannst in meinem Arbeitszimmer warten. Ich bin gleich wieder da«, wies Cesare sie an. »Die erste Tür links.«

»In Ordnung. Ich glaube, ich habe ihn in deinem Schlafzimmer vergessen. Sieh mal neben dem Bett nach«, rief sie ihm überdeutlich hinterher.

Mir klappte die Kinnlade herunter.

Was zum Teufel ging hier vor sich?

Cesares angebliche bald-Ex-Frau hatte ihren *Spitzen-BH* in Cesares *Schlafzimmer* vergessen?

In meinem Kopf begann sich alles zu drehen und mir wurde speiübel. Ich hörte Cesares Schritte auf der Treppe und kauerte mich in dem Türrahmen, in den ich gekrochen war, wie ein Häufchen Elend zusammen.

Cesare entdeckte mich nicht, sondern ging geradewegs ins Schlafzimmer, wo er leise nach mir rief.

Ich antwortete ihm nicht.

Als er aus dem Schlafzimmer hinaustrat, entdeckte er mich und kam mit einem bestürzten Gesichtsausdruck auf mich zu.

»Kenzie«, flüsterte er zärtlich. »Hast du unsere Unterhaltung mit angehört?«

Ich nickte stumm, unfähig etwas zu erwidern.

»Fuck«, schimpfte Cesare. »Das habe ich mir schon gedacht. Hör zu, Baby, es ist nicht so, wie du dir das gerade in deinem Kopf ausmalst.«

Ich hob die Hand und signalisierte ihm, zu schweigen.

Er nahm meine Hand in die seine und küsste sie.

Verärgert versuchte ich, sie ihm zu entziehen, doch er ließ sie nicht los.

»Ich kann und ich *werde* dir das erklären. Gib mir fünf Minuten, bis ich es geschafft habe, Fiona loszuwerden, ohne dass sie einen Streit vom Zaun bricht.«

»Okay«, krächzte ich und schluckte die Tränen in meiner Kehle hinunter.

»Versprich mir, dass du nicht wegläufst, okay? Bitte vertrau mir.«

Cesare hob mein Kinn an und zwang mich, ihm in seine vertrauensvoll leuchtenden blauen Augen zu sehen. Schützende Wärme und endlose Liebe schlugen mir daraus entgegen und schafften es, die Kälte in meinem Körper zurückzudrängen.

»Ich verspreche es«, willigte ich ein und ließ mir von ihm aufhelfen.

Er legte seine starken Arme um meine Hüften und führte mich in sein Schlafzimmer, wo er mich auf das Bett setzte.

»Ich bin gleich wieder da. Ich liebe dich, Kenzie. *Nur* dich.«

Ich saß auf dem Bett und versuchte krampfhaft, mir nicht vorzustellen, wie Cesare Fiona in diesem Bett ihren BH auszog. Dabei bemerkte ich noch nicht einmal, wie mir heiße Tränen die Wangen hinabrannen. Ich hörte auch nicht, wie Cesare Fiona verabschiedete und die Tür hinter ihr schloss.

Erst als Cesare ins Schlafzimmer zurückkam und sich vor mich kniete, erwachte ich aus meiner Trance.

»Mein Schatz ...« Cesare strich mir behutsam mit dem Daumen über die Wange. »Es gibt keinen Grund, traurig zu sein. Nicht weinen.«

»Hast du ...« Ich brach ab, weil ich es nicht über mich brachte, diese fürchterliche Vorstellung in Worte zu fassen. »Hast du ...«

»Habe ich mit Fiona geschlafen? Nein.«

»Aber ... ihr BH ...«

Cesare fasste sich an die Nasenwurzel und schloss verärgert die Augen. Dann hob er mich hoch und setzte sich mit mir auf den kuscheligen Sessel, der am Fenster mit Blick auf den sonnenbeschienenen Garten stand.

»Ich wollte dir das eigentlich ersparen, Kenzie. Aber nach Fionas gelungenem Auftritt komme ich wohl nicht darum herum, dir zu erzählen, was vor einiger Zeit zwischen Fiona und mir vorgefallen ist.«

Cesare bettete meinen Kopf an seiner Schulter und begann mit seinen Fingerspitzen gedankenverloren meinen Arm auf und ab zu streicheln.

»Eines Abends, es war schon sehr spät, hat es an meiner Tür geklingelt. Fiona stand davor. Sie sagte, sie hätte Termine in der Gegend gehabt und wolle in der Dunkelheit nicht mehr bis nach Hause fahren.«

»Wo lebt sie jetzt?«

»Sie ist nach unserer Trennung nach Mailand gezogen. Das wären für sie zwei bis drei Stunden an Fahrtzeit gewesen. Mitten in der Nacht.«

»Und dann hat sie bei dir geschlafen?«

»Ich habe ihr das Gästezimmer angeboten und ihr gesagt, dass sie bei mir übernachten könne, ich aber keine Lust und kein Interesse an weiteren Diskussionen habe. Also bin ich joggen gegangen, um ihr aus dem Weg zu gehen.«

»Mitten in der Nacht?«

Cesare zuckte mit den Achseln. »Ja. Als ich wieder zurückkam, bin ich ins Bad und habe geduscht.«

Cesare verstummte. Seine Finger an meinem Arm versteiften sich.

»Was ist dann passiert, Cesare? Ich muss es wissen. Bitte sag es mir.«

Er holte tief Luft und schlang seine Arme fest um meinen Körper, so als befürchtete er, dass ich bei seinem Geständnis aufstehen und wegrennen könnte.

»Ich habe den Fehler gemacht, nicht abzuschließen. Als ich unter der Dusche stand, ist Fiona dort aufgetaucht. Nackt. Sie wollte mich verführen.«

»*Was?*«, hustete ich und rang verzweifelt nach Luft. »Sie ist zu dir in die Dusche gestiegen?«

»Ja.« Cesares Stimme klang seltsam tonlos.

»Nein. Bitte nicht.« Ich schloss die Augen und spürte, wie mir erneut heiße Tränen durch die dichten Wimpern die Wangen hinabbrannten.

Mein Schädel brummte vor lauter Weinen und mein Hals schmerzte. Mal ganz abgesehen von meinem Herz, das in diesem Moment in tausend Teile brach.

»Es ist nichts passiert, Kenzie. Ich habe ihr deutlich zu verstehen gegeben, dass zwischen uns nichts laufen wird und dass es in meinem Leben jemanden gibt, den ich über alles liebe. Dich.«

»Du hast ihr von mir erzählt?«

»Um dich zu schützen, habe ich ihr nicht gesagt, wer du bist. Aber ich habe ihr gesagt, dass es jemanden gibt, mit dem ich mein Leben verbringen möchte und der mich sehr glücklich macht. Danach habe ich sie in ein Hotel gefahren und das war's. Ende der Geschichte.«

»Hat sie dich berührt?«

»Nein. Und mehr werde ich dir aus dieser Nacht auch nicht berichten, Kenzie. Ich will nicht, dass du dich quälst. Dass du sie dir nackt mit mir vorstellst. Du sollst wissen, dass ich sie abgewiesen habe. Dass ich allein dich liebe. Und ich hoffe inständig, dass du mir das glaubst.«

»Ich glaube dir«, schniefte ich. »Ich glaube dir, dass du nicht auf ihr Angebot eingegangen bist. Aber der Gedanke, dass sie zu dir in die Dusche gestiegen ist, dich berührt hat, dich womöglich umarmt oder geküsst hat, macht mich krank.«

»Hör auf, dir das vorzustellen, Baby. Bitte.«

»Ich kann nicht. Es geht einfach nicht. Die Bilder sind da. In allen Formen und Farben.«

»Dann hätte Fiona genau das erreicht, was sie mit ihrem Besuch heute bewirken wollte: Sich in deinem Kopf einnisten.«

»Du meinst, sie ist wegen *mir* hier aufgetaucht?«

»Sie war damals ziemlich sauer, als ich ihr gestand, dass ich mich verliebt habe. Und Fiona ist schlau. Sie wird sich gedacht haben, dass du und ich meinen

Geburtstag zusammen verbringen. Deshalb ist sie vorbeigekommen. Unter dem Vorwand, mir einen schönen Geburtstag zu wünschen und mit der Absicht, mir und dir den Tag zu ruinieren.«

»Das glaubst du?«

»Ich glaube es nicht, ich weiß es. Vergiss nicht, dass ich Fiona fast mein ganzes Leben lang kenne. Ich weiß, wie sie tickt.«

»Ich habe keine Ahnung, wie ich diese Bilder wieder loswerden soll.«

»Da sollten überhaupt keine Bilder sein, Kenzie. Weil da nichts war.«

»Doch. Du und sie nackt in der Dusche. Was hat sie dir angeboten?«

»Kenzie, verflucht nochmal. Jetzt hör schon auf, dich zu quälen!« Cesare warf mir einen wütenden Blick zu.

»Sag es mir! Ich muss es wissen!«

»Warum?«

»Ich muss es einfach wissen ...«

»Was bringt dir das?«

»Es hilft mir, all die furchtbaren Fantasien auf eine Einzige zu reduzieren und damit abzuschließen.«

»Ich will, dass du hier und jetzt damit abschließt, Kenzie.«

Cesare stand mit mir auf seinen Armen auf und hielt zielstrebig auf sein Badezimmer zu.

»Was tust du?«, fragte ich ihn, als er mich vor der Dusche absetzte und begann, sich auszuziehen. Mit einem Ruck riss er mir das Handtuch vom Leib, sodass ich splitternackt vor ihm stand.

»Du willst unbedingt wissen, wie es abgelaufen ist? Gut. Ich zeige es dir«, knurrte er und zog mich hinter sich in die Dusche.

Er stellte das Wasser an und wandte sich mir zu.

»Knie dich hin«, befahl er.

»Was?«

»Auf die Knie, Kenzie.«

Ich presste verbittert die Lippen aufeinander und leistete seinem Befehl folge.

»Biete mir an, ihn in den Mund zu nehmen.«

»Ich ...«

»Kenzie, du wolltest es wissen. Jetzt spielen wir es durch. Also los.« Cesares schneidende Stimme ließ keinen Widerstand zu.

Breitbeinig stand er vor mir und verdeckte seinen Schwanz mit seinen Händen.

»Willst du, dass ich dir einen blase?«

»Nein.«

»Warum nicht?«

»Weil ich es nicht will. Weil ich *dich* nicht will.«

»Was ist dann passiert?« Ich atmete zitternd aus und sah zu Cesare hinauf.

»Sie ist aufgestanden. Ich habe sie aus der Dusche geworfen, ihr ein weiteres Mal klar gemacht, dass das zwischen uns vorbei ist und sie zum Hotel gefahren.«

»Und sie hat das einfach so hingenommen?«

»Ich habe ihr keine Wahl gelassen. Reicht das?«

Cesare stellte das Wasser ab und reichte mir seine Hand, um mich auf die Füße zu ziehen.

Ich schüttelte den Kopf und richtete meinen Blick auf seinen wunderschönen Schwanz.

»Wenn du in dieser Dusche stehst, will ich nicht, dass du dich an sie erinnerst«, flüsterte ich und robbte auf meinen Knien auf Cesare zu. »Ich will, dass du allein an *mich* denkst. An mich und an das hier ...«

Ich griff nach seinem Schwanz und küsste ihn sanft. Binnen Sekunden erwachte er unter meinen Liebkosungen zum Leben.

»Kenzie ...«, keuchte Cesare und ließ seinen Rücken gegen die Duschwand fallen. »Was wird das?«

»Wir vertreiben die alten Erinnerungen, indem wir zusammen neue schaffen«, raunte ich und nahm seine anschwellende Latte zwischen meine Lippen.

Genussvoll ließ ich sie in meinen Mund gleiten und gewann mit jedem Zentimeter, den sie sich in meinen Rachen schob an Zuversicht, dass Cesare allein mir gehörte.

Besitzergreifend krallte ich meine Fingernägel in seinen straffen Po und umfing seinen Schwanz bis zum Anschlag in meinem Mund. So fest ich konnte, saugte ich an ihm und begann, meinen Kopf rhythmisch daran auf und ab gleiten zu lassen.

Cesare stieß obszöne Flüche aus, die mich anspornten, fester und schneller an ihm zu saugen.

Seine Hände umfassten meinen Pferdeschwanz und verliehen ihm eine Position von Macht und Dominanz, die ihn lustvoll erschaudern ließ. Unter gesenkten Augenlidern schaute er auf mich hinab und genoss es in vollen Zügen, mich in den Mund zu ficken.

»Ich gehöre dir, Kenzie«, stöhnte er erregt. »Nur dir.«

Ich verstärkte meinen Griff an seinem Po und

signalisierte ihm so meinen Besitzanspruch. Angespornt von seinem Geständnis, verbannte ich auch den letzten Gedanken an Fiona aus meinem Kopf und widmete mich mit voller Hingabe Cesares Männlichkeit.

Cesare belohnte mich mit einem tiefen, nahezu ursprünglichen Schrei, gefolgt von einem Schwall süßer, cremiger Lust.

Ich schluckte. Und schluckte.

Ich schluckte alles, bis auch der letzte Tropfen versiegt war und wischte mir anschließend zufrieden über den Mund.

Cesare zog mich auf die Beine und schlang seine Arme um mich. Demütig vergrub er sein Gesicht in meinen Haaren. Sein Herz raste an meiner Brust und beruhigte sich nur langsam.

»Du gehörst mir, Cesare. Nur mir.«

»Ja«, versprach er. »Ich gehöre dir, Kenzie. Nur dir.«

25
KENZIE

Ich mochte den Grand Prix von Österreich, weil er fernab von allem, mitten in der Natur, stattfand. Oftmals herrschten während des Rennwochenendes in Österreich zudem sonniges Wetter und warme Temperaturen, die die beeindruckende Bergkulisse in Szene setzten und die unendlich weiten Wiesen in ein saftiges Grün tauchten.

Ich genoss meine erste Tasse Kaffee an diesem Morgen auf meinem Balkon in einem Hotel unweit der Rennstrecke, von wo aus man einen fantastischen Blick auf die umliegenden Berge erhaschen konnte.

Seitdem Toni einen Schritt auf Cesare zugemacht hatte und ich zuversichtlich war, dass einer gemeinsamen Zukunft mit Cesare nichts mehr im Weg stand, ging es mir wesentlich besser.

Es gelang mir, das Leben wieder mehr zu genießen

und auch die alltäglichen, kleinen Freuden des Lebens, so wie diese Tasse Kaffee auf dem Balkon meines Zimmers, zu würdigen.

Natürlich hätte ich auch in den Frühstückssaal gehen können und dort mit dem Team frühstücken können, doch ich war dankbar, vor der Hektik des bevorstehenden Rennwochenendes noch ein wenig die Ruhe genießen zu können.

Außerdem würden sich im Motorhome noch genügend Möglichkeiten zum Essen bieten und da Skye, die Cateringchefin von *Titan Racing*, zu meinen besten Freundinnen zählte, würde sie mich bestimmt nicht verhungern lassen.

Ich warf einen Blick auf die zweite, leere Liege auf meinem Panorama-Balkon und seufzte wehmütig.

Wie gerne würde ich diesen Moment mit Cesare teilen. Gemeinsam mit ihm in den Tag starten. Doch auf absehbare Zeit würde das nur an den rennfreien Wochenenden möglich sein, in denen wir beide keine beruflichen oder privaten Verpflichtungen hatten.

Umso mehr freute ich mich auf die Zeit nach meinem Ausscheiden aus der *Serie del Rey* und dem neuen Kapitel, das mich dann erwartete.

Ich lehnte mich in meiner Liege zurück und ließ den Moment auf mich wirken.

Schließlich, als ich es nicht mehr länger hinauszögern konnte, ging ich hinein, stieg unter die Dusche und schlüpfte in meine *Titan Racing* Team Uniform.

Höchste Zeit, Toni abzuholen und gemeinsam mit ihm zur Strecke zu fahren.

Wir nutzten die gemeinsame Zeit zu zweit, um in

Ruhe und ohne gestört oder unterbrochen zu werden, über die anstehenden Termine zu reden und uns über Neuigkeiten, die wir in Erfahrung gebracht hatten, auszutauschen.

In der Lobby traf ich auf Tonis Fahrer, der im selben Sporthotel wohnte wie das restliche Team und ich, wohingegen Toni, Byron und die beiden Stammfahrer von *Titan Racing* in einem kleinen, exquisiten Boutique Hotel ein paar Kilometer entfernt abgestiegen waren, wo sie ihre Privatsphäre besser gewährleistet sahen.

Es dauerte bloß zehn Minuten bis wir Tonis Hotel erreichten und zu meiner Überraschung mussten wir keine fünf Minuten warten, bis er zu uns ins Auto stieg und uns für seine Verhältnisse extrem gut gelaunt begrüßte

»Du bist heute für deine Verhältnisse aber ganz schön gut drauf«, stichelte ich und nahm die Unterlagen, die er mir reichte, entgegen.

»Warum auch nicht? Die Sonne scheint. Das Essen hier ist super. Wir liegen in der WM vorn. Und im Gegensatz zu *Racing Rosso* wurde keiner unserer noch nicht verkündeten Fahrerverträge geleakt.«

»Wie bitte?«

Ich saß kerzengerade auf dem Rücksitz der Limousine und starrte Toni verständnislos an. »Wovon redest du?«

»Na davon, dass *Racing Rosso* für die kommende Saison Jack Sullivan verpflichtet hat und Rocco Cabrera dafür vor die Tür setzt.«

»Woher weißt du das?«

Meine Stimme klang leicht atemlos, weil ich mir nicht erklären konnte, wieso Toni das schon wusste, wenn es doch erst in ein paar Monaten verkündet werden sollte.

»Comelli hat eine Story dazu veröffentlicht. Es war das Thema heute Morgen beim Frühstück. In spätestens einer Stunde wird es jeder in der *Serie del Rey* wissen, Kenzie. Die Nachricht verbreitet sich gerade wie ein Lauffeuer.«

Ich ließ mich in den Sitz sinken und fasste mir an den Kopf. Meine Stirn glühte.

Das durfte doch nicht wahr sein.

»Woher wusste Comelli von dem Vertrag?«, fragte ich tonlos.

»Keine Ahnung. Journalisten geben selten ihre Quellen preis«, entgegnete Toni.

»Ist es vielleicht bloß ein Gerücht? Eine Vermutung?«

Ich sah zu Toni, der den Kopf schüttelte.

»Nein. Comelli hat geschrieben, dass der Deal schon über die Bühne gegangen sei. Es ist also in trockenen Tüchern. Einzig Rocco weiß nichts davon. Wahrscheinlich, weil sie sicherstellen wollten, dass er wegen seinem Rauswurf nicht die Lust und Disziplin am Fahren verliert, oder sich durch die Suche nach einem neuen Cockpit für die nächste Saison ablenken lässt. Schließlich steht für *Racing Rosso* gerade viel auf dem Spiel. Wir liegen in der WM Kopf an Kopf. Da kann man sich keinen unmotivierten Fahrer, der nicht bei der Sache ist, leisten.«

Ich atmete geräuschvoll aus und schaute aus dem Fenster der fahrenden Limousine. Die vorbeiziehende Bergkulisse mit den grünen, weiten Wiesen, die mich noch vor einer Stunde so begeistert hatte, nahm ich jetzt kaum noch wahr.

Wie konnte das nur passieren?

Wie ist Comelli an diese Story gekommen?

Und wie würde Cesare damit umgehen?

Ich spielte mit dem Gedanken, ihn zu kontaktieren, doch verwarf den Gedanken wieder, als wir die Rennstrecke erreichten und ausstiegen.

Was konnte ich schon tun? Nichts ...

Und eine Nachricht, in der ich schrieb, dass ich an ihn dachte und ihn in Gedanken umarmte, wäre in der aktuellen Situation viel zu riskant.

Mit Sicherheit schwirrten gerade jede Menge Teammitglieder um Cesare herum, die ihn, was das Krisenmanagement anging, berieten. Die Gefahr, dass jemand die private Nachricht, die ich ihm zukommen ließ, lesen würde, war einfach zu groß.

Wie oft drückte mir Toni sein privates Handy zur Aufbewahrung in die Hand, wenn er Meetings hatte, berufliche Telefonate führte oder Interviews gab?

Das würde bei Franca und Cesare nicht anders sein.

Wahrscheinlich kannte sie nicht seinen Pin und konnte dementsprechend nicht seine privaten Nachrichten einsehen, aber wenn eine Nachricht von mir aufploppte, während sie das Handy in der Hand hielt, würde die zweite Bombe an diesem Rennwochenende in der *Serie del Rey* detonieren.

Und das konnte und wollte ich nicht riskieren.

Cesare wusste, dass ich hinter ihm stand. Wenn er mich brauchte, würde er mich kontaktieren. Und dann würde ich für ihn da sein. Doch bis dahin musste ich mich in Geduld üben und hoffen, dass er diesen Sturm überstand, ohne dabei über Bord zu gehen.

26

CESARE

Vor der Sommerpause standen noch ein paar letzte Rennen an, die es zu bewältigen galt. Ich träumte in jeder freien Minute von dem bevorstehenden Sommer in Schweden mit Kenzie. Allerdings blieben mir in diesem knappen WM-Kampf reichlich wenig freie Minuten und somit kaum Zeit, zum Träumen.

Als ich an diesem Morgen in Österreich von meiner Joggingrunde in das Teamhotel zurückkehrte, fing mich Lorenzo, unser Pressechef, am Eingang ab.

Er machte ein todernstes Gesicht und dirigierte mich im Eilschritt zu den Aufzügen.

»Was ist passiert?«

»Der Deal mit Sullivan wurde veröffentlicht.«

»Was für ein Deal mit Sullivan?«

»Der *Racing Rosso* Fahrerdeal mit Sullivan.«

»Wie bitte?« Ich umfasste den Handlauf des
Aufzugs und starrte Lorenzo entgeistert an.

»Du hast mich richtig verstanden. Und da lediglich
Rocco Cabreras, nicht aber Stefano Veluccis Fahrervertrag bei *Racing Rosso* nach dieser Saison ausläuft, weiß
jetzt jeder, dass Jack Sullivan für Rocco Cabrera
kommen wird. Mit anderen Worten: Die Welt weiß,
dass wir uns Ende der Saison von Rocco trennen.«

»Scheiße, nein«, knurrte ich erzürnt. »Woher zur
Hölle wissen die das?«

»Ich bin dabei, der Sache auf den Grund zu gehen.
Sie stinkt nämlich zum Himmel. Außer Jack, dessen
Management, *Nobili*, unseren Anwälten, dir und mir
wusste nämlich niemand von dem unterschriebenen
Deal. Irgendjemand muss geredet haben.«

»Ausgeschlossen. Wer denn?«

»Genau das werde ich herausfinden. Bis dahin solltest du dich auf ein paar äußerst stürmische Tage auf
rauer See gefasst machen. Dein Telefon wird nicht
mehr stillstehen.«

»Wann wird es veröffentlicht? Können wir es noch
abwenden?«

Lorenzo schüttelte den Kopf und warf einen Blick
auf seine Armbanduhr. »Es ist bereits geschehen. Paolo
Comelli hat es heute Nacht exklusiv rausgebracht.
Sobald die anderen Journalisten aufwachen, wird es
sich verbreiten, wie ein Lauffeuer.«

»Wieso ist Comelli nicht zuerst zu uns gekommen?
Ich dachte, wir haben ein gutes Verhältnis zu der italienischen Presse.«

»Bei *der* Story? Wie sagt man doch so schön? Bei

Geld hört die Freundschaft auf. Comelli haben diese News in einer Nacht so viel eingebracht, wie er wahrscheinlich unter normalen Umständen in drei Jahren nicht verdient. Vor allem da sie wasserdicht sind.«

»Wasserdicht?«

»Er hat eindeutige Beweise, sagt er.«

»Was für Beweise und wo hat er die her, verdammt nochmal?«

»Ich finde es heraus«, versicherte mir Lorenzo, als sich die Aufzugtüren auf meinem Stockwerk öffneten. »Ich begleite dich an diesem Rennwochenende zur Strecke. Die Journalisten werden dich bei lebendigem Leibe verschlingen, wenn ich sie dir nicht vom Hals halte.«

»Okay«, grummelte ich und vernahm das penetrante Klingeln meines Handys durch die geschlossene Zimmertür.

»Zeit, sich *Nobili* zu stellen.« Lorenzo schnalzte mit der Zunge und klopfte mir bedauernd auf die Schulter.

»Wir sehen uns in zwei Stunden in der Lobby zur Abfahrt«, wies ich ihn an.

»Alles klar, Boss.«

Zwei Stunden später hatte meine Laune ihren absoluten Tiefpunkt erreicht. Wütende Anrufe von *Nobili*, von Rocco Cabrera, dessen Management, unseren Anwälten sowie Jack Sullivan und seinem

Management, sorgten dafür, dass ich nach wie vor in meinen durchgeschwitzten Joggingklamotten in meinem Zimmer stand.

Genervt pfefferte ich das Handy in die Ecke und gönnte mir fünfzehn Minuten Auszeit, um mich für den Donnerstag an der Rennstrecke fertig zu machen.

Lorenzo wartete vor meiner Zimmertür, statt wie vereinbart in der Lobby.

»Die Journalisten haben die Lobby eingenommen. Keine Chance an denen vorbeizukommen. Wir nehmen den Lift in die Tiefgarage«, informierte er mich. »Wie lief es heute Morgen?«

»Beschissen«, antwortete ich knapp und folgte ihm zu den Aufzügen.

»Meine Strategie ist wie folgt: Du sagst erstmal gar nichts, bis ich ein Statement veröffentlicht habe, in dem ich für den Nachmittag eine Pressekonferenz ankündige. Bis auf die Pressekonferenz sage ich heute alle Pressetermine des Teams ab. Nicht nur deine, sondern auch die der Fahrer. Damit kaufen wir dir ein paar Stunden Zeit, in denen du mit Rocco und Stefano sprechen und den Rest des Teams aufklären kannst.«

Die Türen öffneten sich und Lorenzo sah sich vorsichtig nach gewieften Journalisten um, die womöglich in der Garage des Hotels lauerten. Aber zu unserer beider Erleichterung befand sich außer uns und meinem Fahrer niemand auf dem Parkdeck.

Auf dem Weg zur Strecke briefte mich Lorenzo über das, was die Medien schrieben und über den Inhalt des Statements, das er nach unserem Eintreffen an der Rennstrecke herauszugeben gedachte.

Ich hörte ihm bloß mit einem Ohr zu. Denn meine Gedanken kreisten um die Frage, wer den Deal verraten hatte. Es musste eine undichte Stelle in meinem inneren Zirkel geben. Eigentlich unvorstellbar, doch aufgrund der aktuellen Situation nur schwer von der Hand zu weisen.

»Bereit?«

Ich hob den Kopf und bemerkte überrascht, dass wir soeben das Tor zur Rennstrecke passiert hatten und uns nur noch wenige hundert Meter von dem Paddock Parkplatz trennten.

Schon von weitem entdeckte ich die Journalisten und Paparazzi, die auf der Lauer lagen und wappnete mich innerlich für die Blitzlichter in meinen Augen und das Geschrei in meinen Ohren.

»Bereit«, seufzte ich und entdeckte inmitten des Gewusels Franca, die mit zwei Sicherheitskräften bereitstand einzugreifen, falls es in dem Gedränge zu wild einhergehen würde.

Kaum öffnete ich die Autotür, stieg der Geräuschpegel um ein Vielfaches.

Instinktiv wollte ich die Tür wieder zuziehen und den Fahrer bitten, eine Runde um den Block zu fahren, aber auch die Extrarunde würde das Unweigerliche nur hinauszögern.

Ich atmete tief durch und stieg aus dem Wagen. Erhobenen Hauptes schritt ich auf die Drehkreuze des Paddocks zu, ignorierte mit neutraler Miene alle Fragen, die man mir zurief und scannte seelenruhig meinen Pass. Das Drehkreuz erwachte zum Leben und erlaubte mir den Eintritt in die heiligen Hallen der

Serie del Rey, den Paddock, in dem sich die Motorhomes und Boxen sämtlicher Teams befanden.

Glücklicherweise konnte man Paddock Pässe nicht käuflich erwerben. Sie wurden den Teams von den Besitzern der *Serie del Rey* zugewiesen und die Teams wiederum entschieden, an wen sie die streng limitierten Pässe weitergaben. Natürlich erhielten auch Journalisten Paddock Pässe von der *Serie del Rey*. Doch die Anzahl der zugelassenen Individuen im Paddock war begrenzt und akribisch selektiert. Dieser Umstand erlaubte es mir nun, halbwegs unbehelligt durch den Paddock zu dem Motorhome von *Racing Rosso* zu schreiten.

Auf meinem Weg dorthin entdeckte ich Riley Valera, die Pressechefin von *Titan Racing* und zugleich Lebensgefährtin von deren Starfahrer Dante Di Santo, der aktuell mit hauchdünnem Punktevorsprung die Fahrer-WM anführte. Sie lehnte an einem der Stehtische vor dem Motorhome von *Titan Racing* und plauderte mit niemand geringerem als mit Paolo Comelli.

In diesem Moment trat Kenzie aus dem Motorhome und gesellte sich zu den beiden. Als sie mich entdeckte, errötete sie und senkte ertappt den Blick. Bei ihrer Reaktion geriet mein Herz für einen Moment aus dem Takt. Das Blut in meinen Adern gefror, bevor es sich exponentiell zu erhitzen begann und dafür sorgte, dass sich verräterische Schweißperlen auf meiner Stirn bildeten.

Ich griff nach meinem Handy und öffnete das Nachrichtenfeld.

Kenzie und ich mussten reden. *Dringend.*

27
KENZIE

Wir müssen dringend reden, stand in der Textnachricht von Cesare.

Das klang irgendwie seltsam.

Ich wusste nicht, ob ich mich über seine Nachricht freuen oder ängstigen sollte.

Es war bloß ein Satz und ich wollte ihm nicht zu viel Bedeutung zumessen, aber es fiel mir schwer das nicht zu tun.

Warum wollte er mich so dringend sprechen?

Lauerten dort draußen noch weitere Bomben, die demnächst detonieren würden? Die *Kenzie-und-Cesare-sind-ein-Paar* Bombe zum Beispiel?

Oder brauchte Cesare in dieser schwierigen Situation einfach nur meinen Beistand? Eine geheime Umarmung? Einen flüchtigen Kuss?

Ich kaute nervös auf meiner Unterlippe und las mir seine Nachricht zum zehnten Mal durch.

»Was ist los mit dir, Kenz? Was beschäftigt dich?«
Allegra kam zu mir herüber und musterte mich
prüfend.

»Cesare hat mir geschrieben. Das tut er sonst nie
während der Rennen. Er sagt, er muss dringend mit
mir sprechen.«

»Hmm«, überlegte Allegra und malte mit ihrer
Schuhspitze unsichtbare Kreise auf den Fußboden.

»Ist das gut oder schlecht?«

»Ganz ehrlich? Ich weiß es nicht, Süße. Das findest
du wohl nur heraus, wenn du seiner Bitte
nachkommst.«

»Hast du Angst, dass die Presse von euch Wind
bekommen hat?«, klinkte sich Riley in unser Gespräch
ein und sah von ihrem Computer auf.

»Wer Tag ein, Tag aus mit einem Damokles
Schwert über dem Kopf lebt, fürchtet sich in der Regel
davor, dass es irgendwann hinabsaust und einem den
Kopf abschlägt. Also ja, ich habe Angst.«

»Wenn die Presse von euch erfahren hat und
Cesare deswegen mit dir sprechen will, würde ich es an
deiner Stelle eher früher als später erfahren wollen.«

»Da gebe ich Riley recht«, stimmte ihr Allegra zu.

»Hat dir Comelli eigentlich verraten, wie er an
diese Story gekommen ist?«, erkundigte ich mich bei
Riley.

Die zuckte bloß mit den Schultern. »Insiderinfor-
mationen.«

»Aha.« Das sagte alles und nichts.

»Irgendjemand von Cesares Vertrauten hat
gequatscht. Das ist zwar ärgerlich, aber es passiert.«

»So etwas darf nicht passieren.« Ich schüttelte angewidert den Kopf.

Riley widmete sich wieder ihrem Laptop, um die heutigen Pressetermine von Toni und den Fahrern zu koordinieren. »Wie dem auch sei. Uns spielt es jedenfalls in die Karten. Die Story scheint *Racing Rosso* ziemlich aus der Bahn geworfen zu haben«, murmelte sie abwesend.

»Geh und rede mit ihm, Kenzie. Worauf wartest du?« Allegra zog mich von meinem Stuhl auf die Füße und gab mir einen imaginären Tritt in den Hintern. »Im Bewältigen von Herausforderungen seid ihr beide doch mittlerweile die reinsten Experten. Du und Cesare, ihr werdet das Ding schon schaukeln, egal was es ist und wie kompliziert es aussehen mag.«

»Ciao Franca. Ich soll Cesare von Toni eine Nachricht überbringen«, begrüßte ich Cesares PA, die wie ein Wachhund an der Leine vor dessen Tür saß.

Bevor sie etwas erwidern konnte, wurde Cesares Bürotür bereits aufgerissen. »Kenzie. Ich habe dich schon erwartet. Komm rein«, begrüßte mich Cesare in neutralem Ton.

Nichts an seinem Tonfall und an seiner Miene deutete darauf hin, dass er gerade einen stürmischen PR-Albtraum durchlebte, der einen direkten Einfluss auf die WM nehmen konnte.

Ein demotivierter und enttäuschter *Serie del Rey* Fahrer wie Rocco Cabrera, fuhr unter den gegebenen Umständen locker mal ein paar zehntel Sekunden pro Runde langsamer. Das reichte vollkommen aus, um in der Team- und Fahrer-WM zwischen Sieg und Niederlage zu entscheiden.

»Wie geht es dir?« Behutsam strich ich ihm über die Wange, als er hinter uns die Tür schloss und sich abschätzend dagegen lehnte.

»Geht so«, knurrte er. »Ich werd's überleben.«

»Es tut mir so leid, Cesare. Kann ich dir irgendwie helfen? Irgendetwas für dich tun?«

»Was meinst du mit: *Es tut dir leid*, Kenzie?«

Cesares Frage ließ mich irritiert die Augenbrauen zusammenziehen. »Was ich damit *meine*? Na dass mir die Situation, in der du dich aktuell befindest, sehr leidtut.«

»Okay.«

»Was, *okay*?«

»Du hast also mit niemandem über den Fahrervertrag gesprochen?«

»Das fragst du mich jetzt nicht im Ernst, Cesare.« Ich stieß geräuschvoll die Luft aus. Traute mir Cesare ernsthaft zu, dass ich unsere Geheimnisse preisgab? Dass ich streng vertrauliche Informationen ausplauderte? Dass ich ihm wissentlich und vorsätzlich schadete?

»Ich habe dich heute Morgen mit Riley und Comelli gesehen.«

»Ja ... und?«

»Comelli ist der Journalist, der die Story veröffentlicht hat.«

»Ich weiß.«

»Worüber habt ihr geredet?«

»Ich habe ihn lediglich gegrüßt und ihn zu dem alljährlichen Media Dinner mit Toni eingeladen.«

»Mehr nicht?«

»Nein. Riley hat mit ihm gesprochen. Ich habe bloß die Gelegenheit ergriffen, um ihn auf meiner Liste abzuhaken.«

»Hat Riley mit ihm über die Story gesprochen?«

»Keine Ahnung, Cesare. Gut möglich. *Alle* reden heute darüber. Es ist *das* Thema im Paddock. Was soll denn diese Inquisition? Wenn du mir etwas zu sagen hast, dann raus damit.«

»Dass du dein Wissen über den Fahrervertrag oder dessen Inhalt nicht an Toni oder irgendwelche Journalisten weitergibst, ist mir klar. Ich vertraue dir, Kenzie. Aber was ist mit deinen Freundinnen? Ihr sagt euch so gut wie alles. Hast du es ihnen anvertraut?«

»*Was*? *Nein*! Es gibt Grenzen, Cesare. Der Vertrag samt Inhalt sind *Racing Rosso* Teaminterna. Die gebe ich an niemanden weiter. Ich will nämlich weder dich, noch die Mädels in Schwierigkeiten bringen.«

»Also hast du es Riley nicht gesagt?«

»*Nein*. Ich habe es weder Riley, noch Allegra, Dakota und auch nicht Skye erzählt. Wieso denkst du das?«

»Weil Riley und Comelli ziemlich gut befreundet sind. Das ist im Paddock kein Geheimnis. Riley ist eine harte Nuss. Sie lässt nur wenige Journalisten an sich heran. Comelli ist einer davon.«

»Weil er selbst eine harte Nuss ist. Die beiden sind sich sehr ähnlich. Aber was spielt das für eine Rolle? Worauf willst du hinaus, Cesare?«

»Riley ist außerdem die Lebensgefährtin von Dante Di Santo, der angekündigt hat, in diesem Jahr um jeden Preis die Weltmeisterschaft gewinnen zu wollen.«

»Ja, auch das stimmt. Ich frage dich noch einmal, Cesare: Was spielt das für eine Rolle und worauf willst du hinaus? Ich fürchte nämlich, ich kann dir nicht folgen.«

»Wie weit würde Riley gehen, um Dante dabei zu helfen, seinen Traum zu verwirklichen?«

»*Bitte?*«

Ich traute meinen Ohren kaum. Was unterstellte mir Cesare hier? Was unterstellte er Riley?

»Ist es möglich, dass du es Riley erzählt hast und sie die Info an Comelli weitergegeben hat, um *Racing Rosso* aus dem Gleichgewicht zu bringen?«

»Cesare ... das ist ... das ist ... du kannst doch nicht ... ich ... Himmel ... mir fehlen die Worte ...«

»Ich beschuldige dich nicht, Kenzie. Meine Aufgabe ist es, der Sache auf den Grund zu gehen. Ich muss den Ursprung der Story finden. Die undichte Stelle. Ich muss dafür sorgen, dass so etwas kein weiteres Mal passiert. Deshalb gehe ich jeder noch so kleinen Spur nach. Ich möchte keine Möglichkeit auslassen, Licht ins Dunkel zu bringen.«

»Ich habe dich nicht verraten. Wie kannst du mich das nur fragen? Wie kannst du nur denken, geschweige denn laut aussprechen, dass ich mein Versprechen dir gegenüber möglicherweise gebrochen habe?«

Fassungslos ließ ich den Kopf hängen.

»Kenzie, hör zu …«

»Nein!« Ich hob die Hand, um Cesare zum Schweigen zu bringen und bedeutete ihm, mir aus dem Weg zu gehen. »Hör auf. Ich will nichts mehr hören. Alles was du sagst, macht es nur noch schlimmer. Geh mir bitte aus dem Weg.«

Cesare machte einen Schritt auf mich zu, aber ich wich ihm aus und glitt unter seinem Arm hindurch zur Tür.

»Es war doch bloß eine ganz normale *Frage*. Keine *Beschuldigung*«, verteidigte sich Cesare.

»Wenn so die *normalen* Fragen aussehen, die du deinen Mitmenschen stellst, will ich gar nicht erst wissen, wie sich Beschuldigungen aus deinem Mund anhören«, zischte ich wütend und verließ sein Büro.

»Kenzie, ich muss aufs Klo. Machst du jetzt bitte auf?« Dakota klopfte energisch gegen die Tür der Motor-home Damentoilette.

»Geh' woanders hin«, schniefte ich.

»Nein. Ich bleibe hier stehen, bis du aufmachst. Riley, Allegra und Skye stehen übrigens hinter mir in der Toilettenschlange. Wenn du nicht aufmachst, pinkeln wir uns alle in die Unterhöschen. Willst du das?«

»Toni wird euch die Ohren langziehen.«

»Nicht wenn wir ihm sagen, dass du seit einer halben Stunde absichtlich die Toilette blockierst.«

Ich grummelte etwas Unverständliches und griff über mich, um die Tür zu dem Waschraum zu entriegeln.

Dakota öffnete die Tür einen Spalt und entdeckte mich auf dem Boden sitzend. Ihr Blick wurde sanft, als sie eintrat und sich neben mich auf den Boden sinken ließ.

Riley, Skye und Allegra folgten ihrem Beispiel.

»Was ist los? Lief das Gespräch mit Cesare nicht so gut?«, fragte mich Allegra.

»Das kann man wohl sagen«, schnaubte ich ernüchtert.

»Wieso? Was ist passiert?« Riley beäugte mich interessiert von der Seite.

»Ist die Tür verschlossen?«, wandte ich mich an Allegra, die bestätigend nickte.

»Ich wusste von dem Vertrag zwischen Sullivan und *Racing Rosso*. Er ist mir durch Zufall bei Cesare zuhause in die Hände gefallen.«

»Shit«, stöhnte Skye.

»Cesare hat mich gebeten, dieses Wissen für mich zu behalten. Solange, bis *Racing Rosso* im September seine Fahrerpaarung für das nächste Jahr bekanntgibt.«

»Bis dahin sind es noch zwei Monate ...«

»Ich weiß. Aber ich habe den Mund gehalten. Ich habe es Comelli nicht gesagt.«

»Natürlich nicht«, riefen meine Freundinnen entrüstet. »Hat Cesare das etwa behauptet?«

»Er hat mich gefragt, ob ich es euch erzählt habe, speziell dir, Riley.«

»Warum ausgerechnet mir?« Meine Freundin sah mich verständnislos an.

»Weil du und Comelli euch gut versteht und du Dantes Freundin bist.«

»Warte mal, Kenz. Willst du damit sagen, dass Cesare glaubt, *ich* hätte Comelli diese Info gesteckt?«

»Nein. Es war bloß eine Möglichkeit, die er in Betracht gezogen hat.«

»So ein Schwachsinn! Das würde ich niemals tun! Ich würde mich niemals in den WM-Kampf einmischen und so indirekt die Resultate manipulieren!«

»Ich weiß«, beruhigte ich meine Freundin und legte ihr besänftigend die Hand auf den Arm.

»So ein Idiot.« Riley presste beleidigt die Lippen aufeinander.

»Leute, jetzt kommt mal alle wieder runter«, mischte sich Allegra ein. »Cesare steht unter enormem Druck. Es ist seine Aufgabe, die Sache so zügig und gründlich wie möglich aufzuklären und dabei keinen Stein auf dem anderen zu lassen.«

»Verteidigst du ihn jetzt etwa?«, beschwerte sich Riley empört.

»Ja, das tue ich. Ich bin zwar nicht mit einem Teamchef zusammen, aber mit einem Teammanager,

was ungefähr auf dasselbe hinausläuft. Deshalb weiß
ich, dass sie in Stresssituationen bisweilen über das Ziel
hinausschießen. Byron, also Hunter, bildet da keine
Ausnahme. Und Toni übrigens auch nicht, Kenzie.
Wenn das jemand wissen müsste, dann doch wohl du.«

»Hmm, kann schon sein«, brummte ich.

»Du bist enttäuscht«, stellte Dakota fest. »Das
wäre ich ebenfalls. Und das wäre auch Cesare, wenn du
ihm so eine Frage gestellt hättest. Aber vielleicht hilft
es, wenn du Cesare in diesem Fall nicht als deinen
Partner, sondern als Teamchef von *Racing Rosso*
betrachtest.«

»Wie meinst du das?«

»Stell dir vor, Toni würde sich in Cesares Situation
befinden und du wärst eine der Personen, die von der
Existenz des Vertrags wusste. Hätte Toni dich im Laufe
der Untersuchung gefragt, ob dir unabsichtlich etwas
rausgerutscht ist? Ob du mit jemandem darüber
geredet hast? Versehentlich?«

»Denke schon.«

»Na siehst du. Wärst du bei Toni auch beleidigt
gewesen?«

»Vermutlich nicht. Aber Toni ist auch nicht der
Mann, mit dem ich mir ein Bett teile.«

»Cesare kennt dich, Süße«, schaltete sich nun Skye
ein. »Er weiß, dass wir als beste Freundinnen so gut
wie keine Geheimnisse voreinander haben. Und du
hast selbst gesagt, dass er dir nichts unterstellen
wollte, sondern dich lediglich *gefragt* hat, ob du uns
gegenüber etwas von dem Vertrag erwähnt hast.«

»Was ich nie tun würde«, versicherte ich eindringlich.

»Unter normalen Umständen bestimmt nicht. Aber er kann nicht wissen, ob während einer unserer Mädelsabende unter Umständen zu viel Wein geflossen ist und du dich aus Versehen verplappert hast. Es ist kein Geheimnis, dass unsere Abende bisweilen leicht aus dem Ruder laufen.«

»Hmm«, brummte ich erneut.

»Sei nicht so hart zu ihm.« Dakota klopfte mir beschwichtigend auf mein Knie. »Damit bestrafst du nicht nur ihn, sondern auch dich selbst.«

»Genau«, pflichtete ihr Allegra bei. »Wenn es sein muss, ärgere dich für den Rest des Tages über ihn. Doch dann schluck deine Emotionen herunter und versetz dich in seine Lage. So ein Perspektivenwechsel wirkt ab und an wahre Wunder. Du wirst sehen.«

28

CESARE

»Cesare?«

Lorenzo war unbemerkt vor meinem Schreibtisch aufgetaucht und versuchte nun, meine Aufmerksamkeit zu erlangen.

Ich blinzelte verwundert und bemühte mich, mir meine miese Laune nicht anmerken zu lassen.

»Noch mehr schlechte Neuigkeiten?«

»Ich habe herausgefunden, auf welche Beweise Comelli seinen Artikel stützt«, sagte Lorenzo triumphierend.

»Ach ja? Und was sind das für Beweise?«

»Fotos. Fotos des unterzeichneten Vertrags.«

»*Fotos*? Interessant. Rückt Comelli die raus? Ich würde sie mir gerne ansehen.«

»Er würde dir Einsicht gewähren, ja. Unter einer Bedingung.«

»Ich lasse mich nicht erpressen«, knurrte ich.

»Erpressung würde ich das nicht nennen. Comelli fordert ein Exklusivinterview mit dir. Da die Katze sowieso aus dem Sack ist, würde ich es eher als *Angebot*, statt als *Erpressung* betiteln. Du beantwortest ihm ein paar Fragen, die ich zuvor durchsehen und genehmigen werde und er beantwortet dir im Gegenzug deine Fragen und gewährt dir Einsicht in die Fotos.«

»Kann man ihm trauen?«

»Er weiß, dass er bei *Racing Rosso* sein Todesurteil unterschreibt, wenn er uns verarscht. Dass wir ihn fortan von allen Media Aktivitäten ausschließen und ihm keinerlei Zugang mehr gewähren würden. Das Risiko geht er nicht ein.«

»Wann soll dieses Interview stattfinden?«

»Heute Nachmittag. Vor der Pressekonferenz. Nur so ist es exklusiv und Comelli kann seine Story vor den anderen Journalisten rausbringen.«

»Ich überlege es mir.«

Lorenzo zögerte.

»Ist noch was?«

»Wenn du herausfinden willst, wem wir dieses Chaos zu verdanken haben, ist das meiner Meinung nach deine beste Chance.«

»Ich stimme dir zu«, seufzte ich. »Und dass du diesen Deal ausgehandelt hast, rechne ich dir hoch an. Aber ich habe heute im Eifer des Gefechts bereits eine vorschnelle, emotionale Entscheidung getroffen, die ich jetzt bitter bereue. Also gib mir eine halbe Stunde Zeit, um die Sache in Ruhe durchzudenken.«

»Okay Boss. Kann ich dir mit dieser anderen Entscheidung irgendwie helfen?«

»Damit kann mir niemand helfen, fürchte ich. Das muss ich ganz allein ausbaden. Sagst du Franca, dass ich nicht gestört werden will? Von niemandem?«

»Mache ich.«

»Danke.«

Lorenzo verabschiedete sich und ich erhob mich, um in meinem Büro wie ein nervöser, getriebener Tiger im Käfig auf und ab zu laufen. Ich musste mich schleunigst beruhigen. Die toxische Kombination aus Wut, Zorn und Sorge in mir, bildete einen gefährlichen, explosiven Cocktail, der zu nichts als Fehlentscheidungen führte.

So wie bei Kenzie.

Ich könnte mich dafür ohrfeigen, dass ich bei ihr nicht sensibler vorgegangen war. Sie durch meine leichtfertigen Aussagen zu verletzen, hatte diesem beschissenen Tag noch mehr Auftrieb verliehen.

Shit.

Da Rocco, Jack und ich aktuell zu den meist fotografierten Personen der *Serie del Rey* gehörten, konnte ich nicht einmal Kenzie aufsuchen und unbehelligt mit ihr reden, ohne sie unweigerlich mit mir ins Rampenlicht zu ziehen. Mal ganz abgesehen davon, dass sich die Probleme auf meinem Schreibtisch stapelten und mich unter sich zu begraben drohten.

So sehr mir der Gedanke auch missfiel: Die Aussprache mit Kenzie musste wohl oder übel bis nach dem Grand Prix Wochenende in Österreich warten.

Ich schrieb Kenzie eine Nachricht, in der ich mich

bei ihr für mein Verhalten entschuldigte und sie inständig bat, nicht die Geduld mit mir zu verlieren.

Dann verfasste ich eine weitere Nachricht, dieses Mal an Lorenzo, und wies ihn an, das Interview mit Comelli zu bestätigen.

»Paolo. Setzen Sie sich doch.« Ich wies auf den Stuhl mir gegenüber und bemühte mich nach Kräften, nicht zu vergessen, dass Paolo Comelli bloß seine Arbeit machte.

Ihm wurde die Chance geboten, über eine brisante Neuigkeit zu berichten und er hatte sie ergriffen. Auch wenn das zwangsläufig bedeutete, dass er *Racing Rosso* damit schadete.

»Hören Sie, Cesare. Die Story ... das ist nichts Persönliches. Ich mag Sie. Sie sind ein feiner Kerl.«

»Es geht dabei lediglich ums Geschäft. Schon klar«, wiegelte ich ab. Nur weil ich mir Mühe gab, Comelli neutral zu behandeln, würde ich ihm noch lange nicht sein schlechtes Gewissen erleichtern – falls diese Art von Journalisten so etwas wie ein Gewissen überhaupt besaßen.

»Fangen wir an. Wie Sie sich bestimmt vorstellen können, gestaltet die Veröffentlichung Ihres Artikels meinen Arbeitstag ein wenig komplizierter als sonst. Milde ausgedrückt.«

»Natürlich. Kann ich davon ausgehen, dass ich mit

den Behauptungen in meinem Artikel richtig liege? Jack ersetzt in der nächsten Saison Rocco?«

»Korrekt.«

»Warum?«

»Jack ist ein Ausnahmetalent, auf das viele Teams ein Auge geworfen haben. Zum Ende der Saison läuft sein aktueller Vertrag aus. Dementsprechend haben wir mit ihm über eine mögliche Zusammenarbeit gesprochen, die, wie Sie wissen, einen positiven Abschluss gefunden hat.«

»Waren Sie mit Rocco nicht zufrieden, dass Sie ihn gegen Jack eintauschen?«

»Im Gegenteil. Wir sind mit Roccos Performance absolut zufrieden. Er macht einen tollen Job. Leider besagen die Regeln, dass ein *Serie del Rey* Team nur zwei Autos und somit nur zwei Fahrer ins Rennen schicken darf. Dementsprechend konnten wir nicht Stefano, Rocco *und* Jack beschäftigen.«

»Warum also Jack und nicht Rocco?«

»Weil die Fahrerwahl nach Auswertung und Abwägung aller Daten und Faktoren auf Jack gefallen ist.«

»Sie zu einer reißerischen Aussage zu bewegen, ist ziemlich schwer, Cesare.«

Ich beugte mich zu Comelli vor und kniff bedrohlich die Augen zusammen. »Nicht hinter jeder Ecke verbirgt sich eine reißerische Story, Comelli. Und ich werde Ihnen keine Schlagzeile liefern, wo keine ist. Sie haben, ob nun gewollt oder nicht, schon genug Unheil angerichtet. Wollen wir es nicht dabei belassen?«

Dass Rocco sich des Öfteren als Teamplayer schwertat und die Harmonie im Team mit seiner

Einstellung so bisweilen störte, würde ich Comelli sicher nicht auf die Nase binden.

»Was ist mit Rocco? Ist seine Zukunft fix?«

»Rocco ist ein extrem tüchtiger Fahrer. Technisch, sportlich und menschlich betrachtet eine wahre Bereicherung. Ich hege keinen Zweifel daran, dass es neben *Racing Rosso* weitere *Serie del Rey* Teams gibt, die seine Fähigkeiten zu würdigen wissen und ihre Chance wittern, sich mit ihm einen Top-Fahrer zu sichern.«

»Mit anderen Worten: Er ist aktuell noch ohne Vertrag. Hat er gewusst, dass Sie den Vertrag mit ihm nicht verlängern?«

»Sie sind uns zuvorgekommen, Comelli. Sie sind allen zuvorgekommen. Herzlichen Glückwunsch. Ich hoffe, das macht Sie stolz.«

»Ich bin kein Unmensch, Cesare.«

»Nein, Sie machen bloß Ihren Job, wenngleich um jeden Preis.«

»Genau. Und da Sie mir meine Fragen bereitwillig beantwortet haben, beantworte ich nun auch die Ihren. Deal ist Deal. Schießen Sie los, Cesare.«

»Wer hat Ihnen die Infos geliefert?«

»Das weiß ich nicht. Sie kamen anonym.«

»Anonym?«

»Ja.«

»Welche Forderungen hat dieser angebliche Unbekannte Ihnen gestellt?«

»Keine.«

»Sie wollen mir ernsthaft weismachen, dass jemand Ihnen eine solche Story zuspielt, ohne im Gegenzug etwas dafür zu verlangen?«

»Ganz genau. Sie können also Habgier als Motiv ausschließen. Wer auch immer mir die Story geliefert hat, wollte *Racing Rosso* damit in erster Linie schaden.«

»Lorenzo sagte, Ihnen wurden Fotos zugespielt?«

»Richtig. Die Fotos sind sozusagen die Story. Ich habe einen Umschlag mit Fotos erhalten. Daraus habe ich mir die Story zusammengereimt.«

»Was sind das für Fotos?«

»Vertragsfotos.«

»Ich will sie sehen.«

»Selbstverständlich. Wie vereinbart.« Comelli griff in sein Jackett und reichte mir einen Umschlag. »Sie können sie behalten. Es sind Kopien.«

»Danke. Wurde Ihnen sonst noch etwas zugespielt? Gibt es weitere Storys?«

»Sollte es die denn geben?«

Ich lehnte mich warnend in meinem Stuhl zurück und durchbohrte Paolo Comelli mit meinem genervten Blick.

»Keine weiteren Storys«, vermeldete er kleinlaut.

»Danke. Das war's dann. Sie haben meine Fragen zu Genüge beantwortet.«

»Nichts für ungut«, verabschiedete er sich.

»Ja, du mich auch«, murmelte ich so leise, dass nur ich es verstehen konnte und wartete, bis Comelli die Tür hinter sich schloss, um mich dem Umschlag mit den Fotos zu widmen.

»Cesare, entschuldige bitte die Störung«, meldete sich Franca und steckte den Kopf zur Tür hinein.

»Nein. Keine Störung«, antwortete ich nahezu tonlos.

»Aber ...«

Ich hob den Blick von den Fotos, auf die ich seit einer gefühlten Ewigkeit starrte und Franca verstummte. Sie nickte mir zu und schloss ohne ein weiteres Wort die Tür zu meinem Büro.

Auf den meisten der Fotos war außer dem Vertrag nichts zu erkennen. Sie könnten überall entstanden sein und gaben keinerlei Auskunft über den Urheber der Fotos. Doch auf einem der Dokumente befand sich ein kleiner, gezackter, brauner Fleck oben links auf dem Papier. Dabei handelte es sich nicht um irgendeinen Fleck, sondern um einen getrockneten Kaffeefleck.

Woher ich das wusste?

Weil es sich dabei ausgerechnet um die Seite des Vertrages handelte, die ich als einzige *nicht* vor meinem umgestoßenen Kaffee retten konnte, als Kenzie an jenem Abend vor meinem Geburtstag unverhofft in mein Arbeitszimmer geplatzt war und mich so zu dem Kaffee Malheur verleitet hatte.

Die Fotos wurden bei mir zuhause gemacht. An meinem Geburtstag.

Daran gab es keinen Zweifel.

Nach meiner anfänglichen Fassungslosigkeit, hatte ich zwei und zwei zusammengezählt und verstanden, bei wem ich mich für diesen Skandal bedanken konnte.

Bei Fiona.

Und bei mir selbst.

Um nicht das Risiko einzugehen, dass Kenzie Fiona aus Versehen in die Arme lief und Fiona sie in Folge dessen als PA von *Titan Racings* Teamboss enttarnte, hatte ich Fiona unmittelbar nach ihrem unverhofften Auftauchen an meinem Geburtstag in mein Arbeitszimmer geschickt. Dort hatte sie gewartet, während ich nach oben ging, um Kenzie von Fionas Besuch in Kenntnis zu setzen. Dabei hatte ich in meiner Sorge um Kenzie vollkommen vergessen, dass der unterzeichnete Vertrag noch immer offen und für jedermann zugänglich in meinem Arbeitszimmer lag.

Ich verdammter Idiot.

Mit anderen Worten: Fiona besaß die Zeit und die Gelegenheit, den Vertrag zu sichten und zu fotografieren. Um ihr Motiv zu finden, musste man nicht lange suchen.

Es lag auf der Hand. Und dass sie mir schaden wollte, hatte sie in der jüngsten Vergangenheit mehr als deutlich gemacht.

Leider hatte ich ihre Drohungen nicht ernst genommen. Ich hatte meiner Noch-Ehefrau, die ich fast mein ganzes Leben lang kannte, eine solch hinterhältige Tat nicht zugetraut und sie somit klar unterschätzt. Mit fatalen Folgen.

Doch jetzt war ein für alle Mal Schluss mit lustig. Am Sonntag würde ich sofort nach dem Rennen zurück nach Italien fliegen und mir dort noch am selben Abend Fiona vorknöpfen.

Bis dahin galt es, Ruhe zu bewahren und das Team auf Kurs zu halten.

Vor allem, was den enttäuschten Rocco und dessen Zukunft in der *Serie del Rey* betraf, erwartete mich ein arbeitsreiches Wochenende.

»Cesare, ciao …«

Fionas ertappter Blick sprach Bände. Falls ich noch irgendwelche Zweifel an meiner Vermutung gehegt haben sollte, hatten sich diese soeben in Luft aufgelöst.

»Warum hast du das getan?«, kam ich unumwunden zum Punkt.

»Was getan?«, stellte sich Fiona dumm.

»Wollen wir dieses Spiel wirklich spielen, Fiona? Ich erzähle dir gern, was du getan hast. Und zwar so laut und deutlich, dass es deine gesamte schicke Nachbarschaft hört. Dabei ist dir dein guter Ruf doch so ungeheuer wichtig, nicht wahr?«

»Sei bitte leise«, zischte Fiona und trat zur Seite, sodass ich eintreten konnte. »Gehen wir in den Salon?«

»Nein. Ich habe weiß Gott nicht vor, lange zu bleiben.«

Fiona schloss die Tür hinter mir und knetete nervös ihre Hände.

»Lass mich meine Frage wiederholen: Warum hast du das getan?«

Sie ließ ihre Hände sinken und hob den Blick. »Weil ich dir wehtun wollte«, keifte sie und verzog ihre Lippen zu einem schmalen Strich.

»Weil du *mir* wehtun wolltest? Mir? Du hast mir nicht weh getan, Fiona. Viel schlimmer: Du hast mir geschadet. Weil *du* Teaminterna an die Presse weitergegeben hast, stand *Racing Rosso* dieses Wochenende Kopf und hat wichtige Punkte im WM-Kampf verloren. Und bevor du dich jetzt darüber freust, solltest du bedenken, dass du mit deiner Aktion nicht nur mir, sondern auch zweitausend weiteren Menschen geschadet hast. Du hast all die Menschen getroffen, die für *Racing Rosso* arbeiten. Die alles dafür geben, die Weltmeisterschaft zu gewinnen. Deren Gehalt von dem Ausgang der WM abhängt. Deren Familien auf dieses Gehalt angewiesen sind. Denn nicht jeder wird so reich und sorglos geboren wie du und ich.«

Fiona überkreuzte die Arme vor der Brust und schwieg.

»Wenn ich wollte, könnte ich dich für diesen Scheiß vor Gericht ziehen. Dabei würde ich zwar meinen Job und meinen Ruf riskieren, aber weißt du was? Es wäre mir egal.«

»Bitte nicht«, piepste sie auf einmal ganz kleinlaut. »Davon hat niemand etwas. Wir würden alle als Verlierer dastehen.«

»Das tun wir sowieso, wenn du nicht endlich damit aufhörst, permanent zu intervenieren und zu sabotieren.«

»Was willst du, Cesare?«

»Einen Deal. Ich bügele diesen Skandal aus. Allein. Ohne dich und deinen Namen in den Schmutz zu ziehen. Und du willigst im Gegenzug in die Scheidung ein und lässt mich fortan in Ruhe. Keine Besuche mehr.

Keine dummen Aktionen. Keine Rachegelüste. Ich will,
dass du mich in Frieden lässt. Dass du einsiehst, dass
wir uns all die Jahre etwas vorgemacht haben. Und
dass du dein Leben weiterlebst. Ohne mich. Die
Zukunft hält so viel für dich bereit, Fiona. Du musst es
nur wollen. Es zulassen.«

»Ich ...«

»Überlege dir gut, was du jetzt sagst. Ich biete dir
einen Ausweg. Eine Chance. Die erste, die einzige und
die letzte Chance, um genau zu sein.«

»Ich möchte dich zurück, Cesare.«

»Indem du mir schadest? Toller Plan.«

»Ich wollte dir zeigen, wie es sich anfühlt, zu
leiden.«

»Das war eindeutig der falsche Weg.«

»Ich habe mir einfach nicht mehr zu helfen
gewusst.«

»Wir haben darüber gesprochen, Fiona. So oft. Ich
habe dir immer und immer wieder meine Gründe,
meine Gefühle und meine Entscheidung erklärt. Ich
habe mich tausend Mal bei dir entschuldigt. Und ich
habe dir gesagt, dass ich alles Erdenkliche versucht
habe, um dich zu lieben, so wie du es verdienst. Was
hätte ich denn noch tun sollen? Wäre es dir wirklich
lieber gewesen, wir hätten unser Leben weiterhin
nebeneinander her gelebt?«

»Ich weiß es doch selbst nicht, Cesare.«

»Lass los, Fiona. Lass los und beginne nochmal
ganz von vorn. Du wirst sehen, dass es dort draußen
jemanden gibt, der dich so liebt, wie du es verdienst.

Der deine Schönheit, innen wie außen erkennt und der dich auf Händen trägt.«

»Das sagst du, nach allem, was ich getan habe?«

»Ja. Weil ich dich kenne. Weil ich weiß, dass es dir insgeheim leidtut, was du getan hast. Und weil du in den letzten Monaten nicht du selbst warst. Daran trage ich eine Mitschuld. Das will ich gar nicht leugnen. Aber damit muss jetzt Schluss sein, Fiona. Ein für alle Mal. Lass die Vergangenheit ruhen und akzeptiere sie. Bitte.«

Fiona stand da und schwieg. Sie dachte über meine Worte nach und rang mit sich. Ich schob die Hände in die Hosentaschen und beobachtete sie abwartend.

Es lag bei ihr.

»Okay, ich versuche es«, presste sie schließlich hervor und ballte die Hände zu Fäusten. »Es tut mir leid, Cesare. Es tut mir so leid.«

»Ich weiß«, seufzte ich in einer Mischung aus Erleichterung und Bedauern und strich ihr tröstend über den Arm. »Mir auch. Glaub mir, Fiona. Mir auch.«

29
KENZIE

Es war kurz vor Mitternacht, als ich mein Auto vor meiner Wohnung parkte und meinen Koffer aus dem Kofferraum hievte.

Das Charterflugzeug von *Titan Racing* war vor knapp zwei Stunden aus Österreich in Mailand gelandet. Nachdem jeder sein Gepäck eingesammelt hatte, ging es in zwei großen Bussen zurück zu der Fabrik von *Titan Racing*, wo die Mitarbeiter ihre Autos während ihrer Renneinsätze im Ausland parkten. Von dort brauchte ich zum Glück nur noch zwanzig Minuten bis zu mir nach Hause.

Normalerweise würde ich mit Toni in dessen Jet zu den Rennen und im Anschluss daran, zurück nach Italien fliegen. Doch Toni war nach dem Österreich Grand Prix zu einem zweitägigen Wandertrip in den österreichischen Alpen aufgebrochen. Deshalb hatte ich dieses Mal auf dem Rückweg den Teamcharter genommen.

Ich rollte meinen Koffer zum Haus und erschrak fast zu Tode, als ich in der Dunkelheit, unmittelbar vor mir, plötzlich eine Männerstimme vernahm.

»Lass mich dir helfen«, sagte die Stimme.

Cesares Stimme.

Der Bewegungsmelder der Haustür erfasste uns und schaltete automatisch die Außenbeleuchtung ein.

Cesare.

Ein paar Meter vor mir stand tatsächlich Cesare.

»Was ... was tust du hier?«

»Ich habe auf dich gewartet, weil ich dringend mit dir reden wollte.«

»Das letzte Mal, als du dringend mit mir reden wolltest, hast du mich gefragt, ob ich Teaminterna an meine Freundinnen weitergegeben habe.«

»Ziemlich blöd von mir, was?«

»Sagen wir mal, du hattest schon bessere Momente. Aber es ist okay. Vergeben und vergessen.«

»Vergeben und vergessen?« Cesare fuhr sich skeptisch durch die Haare. »Ist das eine dieser Situationen, in denen ihr Frauen eine Sache sagt, in Wirklichkeit jedoch das genaue Gegenteil davon meint?«

»Nein«, schmunzelte ich und ließ den Koffer stehen. »Das ist eine dieser Situationen, in denen eine Frau hundemüde nach Hause kommt und sich riesig darüber freut, dass ihr Traummann vor der Tür steht.«

»Du bist nicht mehr sauer auf mich?«

Ich schüttelte den Kopf. »Ich habe überreagiert. Das war dumm.«

»Und ich war im Eifer des Gefechts unsensibel.«

»Einigen wir uns darauf, dass wir beide keine Glanzleistung vollbracht haben«, schlug ich vor.

»In Ordnung. Ich gelobe Besserung.«

»Ich auch. Wie geht es dir? Das war ein ziemlich hartes Wochenende für dich und *Racing Rosso*.«

Cesare atmete geräuschvoll aus. »Allerdings. Ein Wochenende zum Vergessen.«

»Es kommen auch wieder bessere Wochenenden. Glaub mir, ich spreche aus Erfahrung«, versuchte ich ihn aufzuheitern.

»Du hast recht. Abhaken und weitermachen. Etwas anderes bleibt uns sowieso nicht übrig.«

»Möchtest du reinkommen? Das widerspricht zwar unserer Abmachung, aber ich habe das Gefühl, dass wir unser Pensum an Problemen, Herausforderungen und bösen Überraschungen so langsam abgearbeitet haben. Vielleicht besitzt das Leben die Güte, uns ausnahmsweise mal eine kleine Verschnaufpause zu gönnen.«

»Darf ich über Nacht bleiben?«

»Das fragst du noch? Wenn du erst mal drin bist, lasse ich dich nicht mehr raus«, witzelte ich und übergab Cesare meinen Koffer.

Cesare hob mein Gepäck mühelos hoch und zwinkerte mir zu. »Das war jetzt ziemlich zweideutig, mein Schatz. Wenn ich *wo* drin bin? In der Wohnung oder in dir?«

»Beides«, kicherte ich und folgte ihm die Treppen hinauf.

»Ich habe versucht mit dir zu reden«, klärte ich Cesare auf, als wir in meiner Wohnung angelangt waren und uns ausgiebig begrüßt hatten.

»Wann?«

»Am Donnerstag. Ein paar Stunden nachdem wir im Streit auseinander gegangen sind.«

»Davon weiß ich ja gar nichts?«

»Franca hat dein Büro bewacht. Ich habe sie zwar überreden können, dich zu fragen, ob du mich sehen willst, doch du hast sie nicht ausreden lassen.«

Cesare biss sich auf die Unterlippe und stöhnte verärgert auf. »Tut mir leid. Donnerstag war Land unter.«

»Schon gut. Zuerst dachte ich, dass du mich nicht mehr sehen willst und ich es mit meinem Abgang vergeigt habe, aber mit ein bisschen Abstand ist mir bewusst geworden, dass du an diesem Wochenende weitaus größere Probleme zu bewältigen hattest.«

»Du stehst für mich immer an erster Stelle, Kenzie. Ich will, dass du das weißt, okay?«

Ich nickte und kuschelte mich zu Cesare auf die Couch. »Hast du herausgefunden, wer Comelli die Infos zu der Story geliefert hat?«

»Fiona.«

»*Fiona*?« Ich richtete mich auf und beäugte Cesare ungläubig.

»Jap. Erinnerst du dich noch daran, dass sie an

meinem Geburtstag uneingeladen aufgetaucht ist und behauptet hat, sie hätte ihren BH bei mir vergessen?«

»Ihren schwarzen BH mit der goldenen Spitze. Wie könnte ich das vergessen«, würgte ich angewidert hervor.

Cesare strich mir eine Haarsträhne hinter das Ohr und grinste amüsiert. »Es gefällt mir, wenn du eifersüchtig bist. Dabei hast du absolut keinen Grund dazu.«

»Das will ich doch schwer hoffen«, entgegnete ich und legte besitzergreifend meine Hand auf Cesares Knie. »Fiona hat den Vertrag also gesehen?«

»Mehr noch. Während sie in meinem Arbeitszimmer auf mich gewartet hat, ist ihr der Vertrag in die Hände gefallen. Sie hat ihn gelesen und fotografiert. Fiona ist nicht dumm. Sie hat sofort gewusst, was sie da in den Händen hält.«

»Aber warum? Warum hat sie ihn fotografiert und ihn der Presse zugespielt? Warum in aller Welt hat sie das getan?«

»Sie wollte mir wehtun.«

»Wow.« Ich stieß einen bestürzten Laut aus.

»Ich habe sie sehr verletzt, Kenzie.«

»Du hast sie verlassen, okay. Das ist jedoch noch lange keine Entschuldigung dafür, dass sie so eine heimtückische Aktion abzieht, mit der sie nicht nur dich, sondern alle Menschen bei *Racing Rosso* mitten ins Herz trifft.«

»Das ist ein schwieriges Thema. Lassen wir das lieber. Ich möchte nicht über Fiona oder ihre Absichten streiten. Alles was du wissen musst ist, dass ich sie zur

Rede gestellt habe und dass wir zu einer Übereinkunft gelangt sind.«

»Was für eine Übereinkunft?«

»Sie willigt in die Scheidung ein und lässt mich und somit auch dich fortan in Ruhe.«

»Glaubst du ihr?«

»Ja.«

»Okay.«

»*Okay?*«

»Wenn du das sagst, vertraue ich dir, Cesare.« Ich legte meinen Kopf auf seine Brust und lauschte seinem gleichmäßigen Herzschlag. »Ich würde mir wünschen, dass endlich Ruhe einkehrt. Fürs Erste sind wir genug Achterbahn gefahren.«

Cesare küsste meinen Scheitel und strich mir zärtlich über den Rücken. »Nicht mehr lange und wir fliegen nach Schweden in unser kleines, rotes Häuschen am Wasser. Nur du und ich. Dort können wir uns ausruhen. Kraft tanken. Und uns auf das vorbereiten, was in der zweiten Saisonhälfte noch vor uns liegt.«

»Und danach beginnt unser neues Leben«, murmelte ich erleichtert und spürte, wie bei diesem Wissen warme Wellen des Glücks und der Vorfreude über meinen Körper schwappten.

»Ich kann es kaum erwarten, Baby«, flüsterte Cesare. »Du und ich. Für immer.«

30
CESARE

Ich umarmte Kenzie und drückte sie fest an mich.

Es tat gut, ihre Nähe zu spüren und zu wissen, dass zwischen uns alles in Ordnung war. Das Wochenende hatte mich viele Nerven gekostet und die Angst, dass ich Kenzie mit meiner vorschnellen Reaktion womöglich verjagt haben könnte, hatte mich an den Rand des Wahnsinns getrieben.

Dass ich nun hier bei ihr war und wir uns ausgesprochen hatten, ließ allen Druck von mir abfallen.

Mehr als das hier ... mehr als Kenzie ... brauchte ich nicht, um glücklich zu sein. Solange ich sie an meiner Seite wusste, war mein Leben vollkommen.

»Ich bin hundemüde«, gestand sie, als wir uns schließlich voneinander lösten.

»Dann lass uns schlafen gehen, mein Schatz.«

»Mhm. Das klingt wunderbar. Aber ich muss vorher noch schnell duschen.«

»Soll ich dich einseifen?«, bot ich an und zwinkerte ihr zu.

Kenzie kicherte und ich empfand es als unglaublich befreiend, sie so fröhlich und gelöst zu erleben.

Nie wieder wollte ich der Auslöser dafür sein, dass sie wütend oder gar traurig war.

»Liebend gern, aber wir wissen beide, wie das dann endet.«

Ich trat auf sie zu und warf ihr einen verschmitzten Blick zu. »Wie denn?«

Kenzie legte den Kopf schief und biss sich auf die Unterlippe. »Mit dir ... tief in mir.«

»Und wäre das so furchtbar?«

»Ganz und gar nicht.«

»Na dann ... worauf warten wir? Zeig mir den Weg, mein Schatz.«

Kenzie umfasste meine Hand und führte mich durch ihre Wohnung in ihr Badezimmer, wo sie sich zu mir umdrehte und begann, mein Hemd aufzuknöpfen.

Ich ließ sie gewähren und revanchierte mich, indem ich ihr meinerseits beim Entkleiden half.

Als wir wenig später unter die Dusche stiegen und das warme Wasser auf uns hinabprasselte, küssten wir einander innig.

Keinem von uns war nach schnellem, wilden Duschsex zumute. Nach den aufregenden Tagen, die hinter uns lagen, sehnten wir uns in diesem Augenblick vor allem nach Nähe, Liebe und Geborgenheit.

Während wir einander einseiften, streichelten wir den Körper des anderen und lockerten mit behutsamen

Griffen die zahlreichen Verspannungen in Nacken und Schulter.

»Das tut so gut«, murmelte Kenzie verträumt und ließ ihren Hinterkopf gegen meine Brust sinken. »Könntest du das auch mal mit meinen Füßen machen?«

Ich gluckste leise und küsste ihre Schulterblätter.

»Ich massiere dich, wo immer du willst, mein Schatz. Aber langsam wird es wirklich Zeit fürs Bett. Du schläfst ja fast im Stehen ein.«

»Das liegt daran, dass deine Berührungen mich in einen Zustand totaler Entspannung versetzen, Cesare. Du solltest das beruflich machen, wenn du die *Serie del Rey* irgendwann mal satthast.«

Meine Hand glitt von Kenzies Nacken zu ihrem Po und verpasste ihm einen neckenden Klaps.

»Ausgeschlossen. Meine Massagen sind allein für dich reserviert.«

»Genau das wollte ich hören«, kicherte sie und stieg aus der Dusche.

Sie reichte mir ein Handtuch und nahm sich ebenfalls eines von dem Stapel neben dem Waschbecken, trocknete sich ab und legte es dann beiseite, um den Badschrank zu öffnen.

»Hier. Für dich. Du hast bestimmt nichts dabei, oder? Das sollten wir dringend ändern.«

Sie hielt mir eine eingepackte Zahnbürste entgegen und lächelte.

»Ich bin direkt vom Flughafen hergefahren. Mein Gepäck ...«

»Wird in die Fabrik von *Racing Rosso* geliefert, wo

man es für dich reinigt, bügelt und für das nächste Rennen packt«, beendete sie meinen Satz und steckte sich ihre eigene Zahnbürste in den Mund. »Toni handhabt es genauso. Das sind die Momente, in denen ich mir wünsche, selbst Teamchefin zu sein. So einen Luxus hätte ich nämlich auch gern.«

Ich schnaubte belustigt und trug Zahnpasta auf meine Zahnbürste auf. »Es ist ein netter Nebeneffekt, das stimmt schon. Aber wie du siehst, stehe ich deswegen jetzt ohne alles da. Könntest du mir für die Nacht vielleicht ein T-Shirt leihen? Hast du etwas in meiner Größe?«

Kenzie spülte sich den Mund aus und betrachtete mich nachdenklich, wobei mir das Funkeln in ihren Augen verriet, dass sie etwas im Schilde führte.

»Wie wäre es, wenn wir heute nackt schlafen?«, schlug sie vor.

Ich zog die Augenbrauen in die Höhe und verkniff mir ein Grinsen.

»Klingt verlockend.«

Kenzie nickte zufrieden und wartete ungeduldig, bis auch ich mir die Zähne geputzt hatte und ihr aus dem Bad folgte.

Ihre Wohnung war nicht groß, aber unheimlich stilvoll und gemütlich eingerichtet.

In ihrem Schlafzimmer befand sich ein breites Bett aus hellem Holz mit cremefarbenen Bezügen. Ein passender Nachttisch, eine Rattankommode mit flauschigem Sessel und eine Stehlampe aus Bast, die nun, als Kenzie sie einschaltete, in einem sanften Licht schien, rundeten das minimalistische Interieur perfekt ab.

»Kommst du?«

Sie schlug die Bettdecke auf, ließ ihr Handtuch zu Boden fallen und kletterte ins Bett.

»Endlich«, seufzte sie theatralisch und schloss die Augen. »Es gibt nichts schöneres, als nach einem anstrengenden Rennwochenende nach Hause zu kommen und in das eigene Bett zu schlüpfen.«

»Sicher?«, fragte ich und hob skeptisch eine Augenbraue, während ich ihr ins Bett folgte und uns zudeckte.

Kenzie schmiegte sich an mich und seufzte erneut. »Hmmm ... ich muss mich korrigieren. Es gibt nichts schöneres, als nach einem anstrengenden Rennwochenende nach Hause zu kommen, in das eigene Bett zu schlüpfen und *dich* dort vorzufinden. Nackt.«

Ich schnaubte belustigt und genoss Kenzies Finger, die zärtlich über meine Brust, meinen Bauch, meine Arme und meine Schultern strichen.

Als sie schließlich zu meinem Schwanz hinabwanderten, keuchte ich leise.

»Du hast heute Nacht offenbar noch etwas vor«, neckte sie mich, während sie meinen erigierten Schwanz durch ihre Hand gleiten ließ. »Oder warum sonst ist er so hart und bereit?«

»Baby ...«, stieß ich zwischen zusammengebissenen Zähnen hervor und stöhnte lustvoll. »Du glaubst doch nicht, dass ich nackt neben dir im Bett liegen kann, während du mich streichelst, ohne dass sich dabei da unten etwas tut.«

»Und was machen wir jetzt mit ihm?«, fragte sie betont unschuldig und umfasste mit ihrer zweiten Hand meine Eier, die sie aufreizend knetete.

»Ich ... ich weiß nicht ...«, brachte ich atemlos hervor. »Hast du vielleicht eine Idee?«

»Ich hätte sogar drei«, erwiderte sie.

»Drei? Erzähl sie mir«, bat ich keuchend vor Lust und schloss die Augen, um mich ganz auf Kenzies Stimme und ihre erotische Zuwendung zu konzentrieren.

»Ich könnte dich mit meiner Hand zum Kommen bringen. So heiß und schwer wie er ist, braucht es dazu nicht mehr viel.«

Wie recht sie damit hatte ...

»Oder?«, flüsterte ich.

»Du könntest in meinem Mund kommen.«

»Kenzie ... Fuck ...«

Ich erschauderte bei ihren Worten und stöhnte gequält auf.

Sie kicherte. »Sieht so aus, als wäre das deine Wahl, hm?«

Ich schüttelte den Kopf, öffnete die Augen und wandte mich ihr zu.

»Nein, mein Schatz. Ich würde gerne deine dritte Idee hören. Denn, wenn es das ist, was ich glaube, würde ich diese Option wählen.«

Kenzie küsste mich zärtlich und wisperte an meinen Lippen: »Na schön. Idee Nummer drei: Du könntest in mir kommen.«

»Perfekt«, entgegnete ich mit rauer Stimme und

rollte mich vorsichtig auf sie. »Ich will nämlich nicht ohne dich fliegen, mein Schatz.«

Meine Finger ertasteten Kenzies Venuslippen und teilten sie. Zufrieden stellte ich fest, dass unsere kleine Show sie genauso heiß gemacht hatte wie mich und sie mehr als bereit für mich war.

Ich führte meinen Schwanz an ihre Pforte und drang mit langsamen, vorsichtigen Stößen in sie ein.

Kenzies Pussy umfing mich eng und feucht und gab mir einen Vorgeschmack davon, wie sich das Paradies anfühlen müsste.

Begleitet von ihrem erregten Keuchen arbeitete ich mich in ihr vor und genoss das Gefühl, seelisch und körperlich mit der Person vereint zu sein, die ich über alles liebte.

»Gib mir deine Hände«, murmelte ich an ihren Lippen und ließ meine Finger die ihren finden.

»Cesare ...«

»Shhhh. Ich bin hier. Ich hab' dich, Kenzie. Und ich werde dich nie wieder loslassen. Ich werde dich halten – heute, morgen, für immer. Das schwöre ich dir bei meinem Leben.«

EPILOG

Cesare und ich schlenderten Hand in Hand durch das nachmittägliche Paris. Auf der weitläufigen Rasenfläche vor dem Eiffelturm suchten wir uns ein Plätzchen abseits der Touristenscharen und breiteten unsere Decke unter einem der duftenden Kirschbäume mit rosafarbenen Blüten aus.

Ich bettete meinen Kopf auf Cesares Schoß und bedeckte seine Hand, die auf meinem Bauch lag, mit der meinen.

Der Wind raschelte in den Ästen der umliegenden Bäume und wirbelte ein paar der Kirschblüten durch die warme Aprilluft. Ich beobachtete die zarten Blüten auf ihrem Flug durch die Lüfte und lächelte melancholisch.

Das letzte Mal, als ich Kirschblüten beim Fliegen beobachtet hatte, befand ich mich in einer vollkommen anderen Lebenslage.

Vor einem Jahr hatten die dahinfliegenden Kirschblüten einen Abschied signalisiert. Den Abschied von
unserem ungeborenen Kind.

Jetzt, ein Jahr später, symbolisierten die Blüten im
Wind einen Neubeginn. Den Beginn eines neuen
Lebensabschnitts.

Mein letzter Arbeitstag bei *Titan Racing* lag nun
schon mehr als drei Monate zurück. Nach einer zutiefst
nervenaufreibenden Saison, bei der sich *Racing Rosso*
und *Titan Racing* bis zuletzt einen erbitterten Kampf
geliefert hatten, konnte sich Dante Di Santo, Rileys
baldiger Ehemann, nach einem aufregenden Drei-
kampf mit Stefano Velucci und Max Vanhoff den
Fahrer-WM Titel sichern. Somit gewann *Titan Racing*
gegen Ende der Saison mit Dante also die Fahrer-WM.

In der Team-WM dagegen, gelang es Toni und
Cesare den Bogen bis zum Zerreißen zu spannen. *Titan
Racing* ging mit einem Punkt Rückstand auf *Racing
Rosso* in das letzte Rennen der Saison in Abu Dhabi,
Anfang Dezember. Nach einem Herzschlagfinale, bei
dem beide Teams nichts unversucht ließen, um sich
den Sieg zu sichern, stand es punktgleich.

Titan Racing und *Racing Rosso* konnten nach dem
finalen Rennen in den Emiraten exakt dieselbe Anzahl
an Punkten auf ihrem Konto verbuchen und verdienten
somit beide den Weltmeisterschaftstitel.

Die Regeln der *AOS* sahen jedoch vor, dass in
diesem höchst unwahrscheinlichen Szenario das Team
gewann, das in der laufenden Saison mehr Grand Prix
Siege eingefahren hatte.

Da *Racing Rosso* während der Saison zehn Rennen,

Titan Racing hingegen nur acht Rennen für sich entscheiden konnte, ging der Titel der Konstrukteure, also der Teams, damit letztendlich an *Racing Rosso*.

Somit stand es also gewissermaßen eins zu eins unentschieden zwischen *Titan Racing* und *Racing Rosso*: Jedes der beiden Teams konnte in der vergangenen Saison einen der begehrten WM-Titel für sich entscheiden.

Das alles lag mittlerweile schon fast vier Monate zurück. Die neue Saison hatte vor einem Monat in Australien begonnen und versprach dort anzuknüpfen, wo die letzte Saison ihr aufregendes Ende fand.

Dieses Mal allerdings ohne mich.

Mein Auftritt bei der *AOS* Gala in Paris Mitte Dezember war mein letzter öffentlicher Auftritt für *Titan Racing* gewesen.

Nach der Gala war ich mit Cesare in dessen Hotel gefahren und hatte, wie bereits im Jahr davor, ein unvergessliches Winter-Weihnachts-Wochenende mit ihm verbracht. Mit dem Unterschied, dass ich mich dieses Mal nicht vom ihm verabschieden musste. Das gemeinsame Wochenende in Paris markierte den Beginn eines neuen Kapitels in unserem Leben. Ein Kapitel, auf das ich mich riesig freute.

Einen Monat nach der Sommerpause nahm Roxy, die neue Kenzie, ihre Arbeit bei *Titan Racing* auf. Während der zweiten Saisonhälfte arbeitete ich eng mit ihr zusammen, um sie auf ihre Aufgabe an Tonis Seite gewissenhaft vorzubereiten.

Roxy war eine aufgeweckte, taffe und herzliche junge Frau. Ich hegte keinen Zweifel daran, dass sie eine fleißige, zuverlässige und sympathische PA abgeben würde.

Eigentlich wollte ich mir nach einer ausgedehnten Winterpause im Februar einen neuen Job in Cesares Nähe suchen. Da Cesare und ich jedoch vereinbart hatten, mit meinem Karriereende bei *Titan Racing* die Pille abzusetzen und mit dem *Üben* für unser Babyprojekt zu beginnen, blieb mir ein neuer Job verwehrt. Denn wie sich herausstellte, brauchten wir beide keine Übung, damit ich schwanger werde. Die freudige Nachricht, dass unser Kind in mir heranwuchs, ließ uns beide vor Glück und Dankbarkeit weinen. Gemeinsam beschlossen wir, dass ich mich bis zur Geburt unseres Kindes schonen und keinerlei Risiko eingehen würde.

Vielleicht reagierten wir über, da der Arzt, der uns betreute, bisher keinerlei Anzeichen einer Risikoschwangerschaft feststellen konnte. Ehrlich gesagt hoffte ich felsenfest, dass wir überreagierten und der Arzt seine Diagnose auch im weiteren Verlauf der Schwangerschaft beibehielt. Doch die Fehlgeburt im letzten Jahr hatte einen bitteren Stich in unseren Herzen hinterlassen. Eine Wunde, die zwar heilte, die aber für immer eine kleine Narbe zurückließ.

Um eine, wenngleich wenig wahrscheinliche Wiederholung dieser prägenden Erfahrung auszuschließen, hatten wir uns dazu entschieden, Vorsicht walten zu lassen. Die Arbeit lief mir nicht davon und nach fast zehn Jahren als PA einer der einflussreichsten Teambosse der *Serie del Rey*, stand mir eine kleine Auszeit durchaus zu. Nach einer langen Diskussion hatten Cesare und ich uns schließlich darauf geeinigt, dass ich bei ihm einziehen würde, wenn ich für die Nebenkosten aufkommen durfte und wir uns die Lebenshaltungskosten gleichmäßig aufteilten. Dass ich ein Kind von einem erfolgreichen Multimillionär erwartete, änderte nämlich nichts an meiner Einstellung, auf eigenen Beinen stehen zu wollen. Selbstverständlich stritt ich nicht um jeden einzelnen Euro mit Cesare, doch mir war es wichtig, dass ich mich zu keiner Zeit von ihm aushalten ließ, oder mich auf seinem Reichtum ausruhte.

Obwohl mir Cesare liebend gerne alle Sterne vom Himmel holen würde, sah er schlussendlich ein, dass die Sterne am Himmel, wo alle Menschen sie bewundern konnten, weitaus besser aufgehoben waren.

Cesares Scheidung von Fiona wurde im Spätherbst des letzten Jahres rechtskräftig. Sie hatte Wort gehalten und sich fortan nicht mehr in Cesares Leben eingemischt. Vor einem Monat erreichte Cesare ein langer Brief von ihr, in dem sie sich bei ihm für ihr Verhalten im vorangegangenen Jahr entschuldigte und ihm berichtete, dass sie sich in jemanden verliebt habe und sehr glücklich sei. Ich wünschte es ihr. Trotz allem.

Mein Handy piepste neben mir auf der Decke. Ich griff danach und öffnete eine Nachricht von Riley, in der sie mir ein neues Foto von ihrer süßen Babykugel sandte. Ich strich liebevoll über die kleine Rundung auf dem Display und schickte ihr drei rote Herzsmileys zurück.

Sie und ihr Verlobter Dante Di Santo hatten eine verrückte Abmachung getroffen, die besagte, dass er sie schwängern und heiraten durfte, wenn er sich den Fahrer-WM-Titel sicherte. Nachdem er das in der letzten Saison tatsächlich geschafft hatte, ließ er nichts anbrennen und machte sich sofort an die Arbeit.

Mit Erfolg.

Riley befand sich mittlerweile zwischen dem vierten und fünften Schwangerschaftsmonat und auch die Hochzeit der beiden würde nicht mehr lange auf sich warten lassen. Obgleich sie nicht die Absicht hatte, ihre Arbeit bei *Titan Racing* aufzugeben, würde sie den Sommer und den Rest der Saison pausieren, um ihr erstes Kind in Ruhe auf die Welt zu bringen und um sich an ihr neues Leben zu Dritt zu gewöhnen.

Von meiner wunderschönen Zeit bei *Titan Racing* vermisste ich am meisten meine besten Freundinnen, dicht gefolgt von Toni.

Natürlich sahen wir uns ab und an. Aber mit Dakota, die zwischen Las Vegas und Mailand pendelte, Allegra, die ihren Lebensmittelpunkt bereits Anfang letzten Jahres nach New York verlegt hatte, Riley, die immer öfter aus dem Homeoffice in Monaco arbeitete und Skye, die beruflich zukünftig noch mehr Verantwortung übernahm, wurden unsere regelmäßigen Mädelsabende beim Italiener zu einer Seltenheit. Zwar füllten wir diese Lücken mit feuchtfröhlichen Skype Videoanrufen, aber es war doch etwas anderes, ob man sich angeheitert singend in den Armen lag, oder hunderte, beziehungsweise tausende Kilometer voneinander entfernt in verschiedenen Zeitzonen am Computer saß.

Nichts im Leben währte ewig. Das war wohl die

wichtigste Lektion, die ich im letzten Jahr gelernt hatte. Man musste den Moment leben. Die Feste feiern, wie sie fielen. Denn man wusste nie, wann es sich um das letzte Fest handelte, das man vollkommen unbeschwert zusammen feierte.

Ich erinnerte mich an unsere gemeinsame *Titan Racing* Zeit mit einem lachenden und einem weinenden Auge.

Toni hatte mir versichert, dass die Tür bei *Titan Racing* immer für mich offenstand. Auch wenn ich eine Rückkehr meinerseits zu diesem Zeitpunkt für undenkbar hielt, wollte ich es nicht gänzlich ausschließen. Wer wusste schon, ob Cesare nicht in ein paar Jahren lieber als Vollzeit-Daddy, statt als Teamboss arbeitete und ich unsere Brötchen verdienen musste?

»An was denkst du?«, fragte mich Cesare in diesem Augenblick und strich über meine hochgezogenen Mundwinkel. »Offenbar ist es etwas ziemlich Lustiges.«

»Das ist es in der Tat«, kicherte ich. »Hey, hast du Toni eigentlich von mir gegrüßt?«

»Habe ich. Er kommt vor dem Grand Prix von Imola zum Abendessen, wenn dir das recht ist.«

»Das klingt toll.«

Toni und Cesare hatten sich einander in den letzten Monaten wieder angenähert. Wenn sich die beiden nicht jedes zweite Wochenende in der *Serie del Rey* als Erzrivalen gegenüberstehen würden, wären sie mit Sicherheit ein richtig gutes Team. Für den Moment musste ich mich jedoch damit zufriedengeben, dass sich die beiden respektierten und sich gegenseitig am Leben ließen.

Cesare und ich versteckten uns nicht mehr länger vor der Welt. Wir legten es zwar nicht darauf an, zusammen gesehen zu werden, doch uns war bewusst, dass es früher oder später geschehen würde. Und jetzt, da ich nicht mehr für *Titan Racing* arbeitete, sprach nichts mehr gegen unsere Beziehung. Gewiss würde die Entdeckung die ein oder andere Story nach sich ziehen. Aber die Journalisten, da war ich mir sicher, würden schnell das Interesse an uns verlieren, wenn wir sie mit einem knappen »*Kein Kommentar*« abspeisten. In der *Serie del Rey* gab es stets genug zu berichten. Es wurde eben nie langweilig.

Ich tastete nach der rosaroten Kirschblüte, die auf unsere Decke gefallen war und atmete ihren intensiven, blumigen Duft ein.

Cesare verlagerte sein Gewicht und legte sich neben mich auf die Decke. Er stützte sich auf seinem Ellenbogen ab und beugte sich zu einem innigen, ausgiebigen Kuss zu mir hinab.

»Ich liebe dich«, flüsterte er an meinen Lippen und strich behutsam über meinen Bauch, dem man eine Schwangerschaft bisher nur ansah, wenn man ganz genau hinschaute.

»Und ich liebe dich«, flüsterte ich zurück und konnte mein Glück, wie so oft, nicht fassen.

Ich verbrachte mit meiner *Großen Liebe* ein Liebeswochenende in der Stadt der Liebe und trug unser Kind der Liebe unter dem Herzen.

Hermann Hesse sagte einst: *Glück ist Liebe, nichts anderes. Wer lieben kann, ist glücklich.*

Wie recht er doch hatte.

Ich liebte. Und ich war glücklich. Überglücklich.

Kenzie und Cesare haben ihr Happy End gefunden. Aber **was ist mit Skye?** Ihre Geschichte kannst du in dem finalen Band der Titan Racing Legacy Reihe, **Wild Velocity**, lesen. Ich wünsche dir viel Spaß dabei.

WILD VELOCITY

**Band 6 der Titan Racing Legacy Reihe
Die Geschichte von Skye**

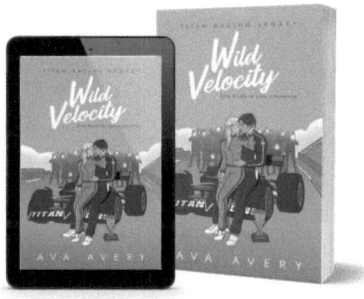

**Wenn dein größter Konkurrent Jahre später
plötzlich wieder vor dir steht. Er ist jetzt berühmt –
und du musst dich um ihn kümmern.**

Skye Whitmore liebt ihren Job als Catering-Chefin von Titan Racing – bis Austin Ashcroft vor ihr steht. Der neue Star-Fahrer war einst ihr größter Rivale und mit seiner Rückkehr in ihr Leben flammen alte Wunden, verbotene Begierden und unausgesprochene Geheimnisse, die keiner von ihnen kontrollieren kann, von neuem auf. Intensiver und elektrisierender als je zuvor. Austin gibt sich alle Mühe, Skye zu hassen, denn hinter seiner kalten Fassade verbergen sich unerfüllte Sehnsüchte, die zuzulassen, alles verraten würden, was er verachtet. Und auch Skye hat gute Gründe, Austin von sich zu stoßen, weil er niemals erfahren darf, was damals wirklich geschehen ist. Doch als ein doppeltes Unglück die Serie del Rey erschüttert, brechen die verborgenen Geheimnisse der Vergangenheit wie ein Sturm hervor und es gibt kein Entkommen mehr.

Lesermeinung:

»Dieser Band war mein absolutes Highlight!
Ein emotionaler und dramatischer Reihenabschluss mit
richtig viel Spice, der mich noch lange nach dem Lesen
beschäftigt hat.«

DIE REIHE AUF EINEN BLICK

Die beliebte Titan Racing Legacy Reihe umfasst
insgesamt 6 Bände.

Band 1
Crashing Hearts
Allegra & Hunter

Band 2
Love Laps
Riley & Dante

Band 3
Pitlane Secrets
Dakota & Grayson

Band 4
Circuit Rush
Kenzie & Cesare 1

Band 5
Trackside Kisses
Kenzie & Cesare 2

Band 6
Wild Velocity
Skye & Austin

PUCK FOR LOVE

Romantische & spicy Eishockey Romance mit Herz

Stell dir vor, das Leben schenkt dir deine große Liebe, nur um sie dir kurz darauf wieder erbarmungslos zu entreißen. Würdest du das zulassen?

<u>Maverick Wolf:</u>

Neben meinem Job als Eishockeyprofi und Kapitän der Arctic Bears will ich vor allem eins: Meine Ruhe. Das gestaltet sich jedoch seit dem Eintreffen der neuen Physiotherapeutin Melody Dawson als unmöglich.

Denn Melodys engelszarte Berührungen und ihre wärmende, wohltuende Nähe wecken Gefühle in mir, von denen ich dachte, ich wäre unfähig, sie jemals wieder zu spüren. Gefühle, die mir die Kontrolle entreißen und die die mühsam aufgerichteten Mauern meines Herzens zum Einstürzen bringen. Doch Melody hütet ein gefährliches Geheimnis, das sie ihr Leben kosten könnte und bevor ich mich versehe, bin ich der Einzige, der sie noch vor der drohenden Katastrophe retten kann.

Bitte beachte: Hierbei handelt es sich um die erweiterte und komplett überarbeitete Neuauflage von Arctic Ice Love, einer Eishockey Sports Romance, die 2021 erschienen ist.

MEHR VON AVA AVERY

Mittlerweile (stand Mai 2025) gibt es mehr als 35 Ava Avery Romane in den Bereichen:

Eishockey
American Football
Formel 1
Boss & CEO Romance
Mafia Romance
Daddy & Baby Romance
Wholesome Romance

All diese Romane sind als eBook, Taschenbuch und für Kindle Unlimited erhältlich. Viele dieser Romane gibt es auch als Hörbuch.

Zu meinen Romanen gelangst du,
indem du diesen QR-Code scannst:

ÜBER DIE AUTORIN

 Ava Avery ist Autorin aus Leidenschaft. Sie ist mehrfach ausgezeichnete Bild-Bestseller & Kindle #1 Autorin. Ihre Bücher verkauften sich über 1 Million Mal und wurden in sechs Sprachen übersetzt.

Wenn sie sich in drei Wörtern beschreiben müsste, dann wären das: Freigeist, Abenteurerin und Romantikerin. Ihre Lieblingsautorin ist Enid Blyton. Mit den 5 Freunden, Hanni und Nanni, sowie Tina und Tini hat Ava ihre Liebe zum Lesen und später zum Schreiben entdeckt.

Neben dem Schreiben ist Ava eine begeisterte Weltenbummlerin. Fremde Länder, Kulturen und Menschen kennenzulernen, ist für sie eine Quelle der Inspiration und Freude. Italien nimmt dabei einen besonderen Platz in ihrem Herzen ein.

Exklusive Einblicke aus ihrem Alltag und von ihren Reisen teilt sie in ihrem Newsletter und auf Social Media.

Website: www.avaavery.de
Instagram: avaavery.autorin
TikTok: @avaaverybooks
Facebook: www.facebook.com/avaavery.autorin

BLEIB AUF DEM LAUFENDEN

Besuche mich gern auf Social Media, wo ich **exklusive Details** zu meinen Romanen und spannende Einblicke aus meinem Alltag teile. **So nehme ich dich zum Beispiel virtuell mit auf Buchmessen, zu Eishockeyspielen und ins Tonstudio, wo meine Hörbücher vertont werden.**

Außerdem findest du auf Social Media und in meinem Newsletter regelmäßig tolle **Gewinnspiele**, aufregende Ankündigungen und jede Menge **kostenloses Bonusmaterial**, sowie **limitierte Charakterkarten und Book Merch** zu meinen Romanen.

Website: www.avaavery.de

Instagram: avaavery.autorin

TikTok: @avaaverybooks

Facebook: www.facebook.com/avaavery.autorin

ALLES LIEBE FÜR DICH

Hat dir dieser Ava Avery Liebesroman gefallen? Ich würde mich über eine **Rezension** oder eine **Bewertung** auf Amazon, Thalia & co. sehr freuen, egal ob 3 oder 30 Sätze lang. Denn jede einzelne Rückmeldung ist ein wunderbarer **Liebesbeweis** an meine Geschichten und begeistert möglicherweise auch **neue Leser** für meine Bücher.

Natürlich darfst du diesen Liebesroman auch gerne weiterempfehlen.

Liebe Grüße,

Deine Ava

TRIGGERWARNUNG

Bitte beachte, dieses Buch thematisiert unter anderem
folgende Inhalte:

Unfall
Krankenhaus
Fehlgeburt
Depressionen